徳間文庫

歓喜月の孔雀舞《パヴァーヌ》

夢枕　獏

徳間書店

目次

ころぽっくりの鬼

1

それを最初に見たのは、まだ、ぼくが小さかった頃《ころ》のことだ。

確か、小学校の二年になったばかりの五月頃だったのではないかと想《おも》う。青い桜の葉が頭上でざわざわとうねっていて、頭の中のその風景のどこかに、鯉《こい》のぼりの影像を重ねて記憶しているからである。でも、鯉のぼりの影像は、ぜんぜん別の時の記憶で、それはもしかすると、夏休み前の七月であったのかもしれない。

ぼくや、みんなの上にふりそそぐ陽光は眩《まぶ》しかったし、伊沢良江《いざわよしえ》は、その時、オレンジ色の半袖《はんそで》のワンピースを着ていたからだ。

その時の、伊沢良江のうなじの白さや、そのオレンジ色だけは、やけにはっきりまだ覚えている。

そして、頭上できらきらとうねる青い葉桜の影——。

最初にそれを見た時、ぼくは、伊沢良江が小さな人形か何かを、自分の左肩に乗せているのかと思った。

身長が二〇センチくらいの、小さな裸の女の人形だ。

その人形が、おかっぱ頭の伊沢良江の左肩にきちんと正座して、両腕をしっかりと伊沢良江の白く細い首に回し、しがみついているのである。しかも、その人形は、伊沢良江の白い喉《のど》の横に、しっかり唇《くちびる》を押しあてているのだ。

やけにリアルな人形だった。

当時のぼくらといくらも変わらない年の女の子を裸にして、そのまま小さくしたようであった。

その人形は、うっとりと眼《め》を閉じていた。

もう、どんな遊びかは忘れてしまったが、ぼくらは一生懸命にその葉桜の下で飛びまわって、騒いでいた。

ぼくの視線は、いつも、伊沢良江ばかりを追っていた。

今から思えば、ぼくは淡い恋心を伊沢良江に対して抱いていたのだと思う。

その伊沢良江が死んだことを知らされたのは、翌日の朝であった。

ぼくが、その日、教室に入ってゆくと、甘い薔薇《ばら》の香りがぼくの鼻孔をくすぐった。

伊沢良江の机の上に花瓶《かびん》が置いてあり、その花瓶に薔薇が差してあったのだ。

それが、ぼくにはひどく不思議だった。

先生が教室に入って来た時も、まだ伊沢良江の机だけが、そこだけ穴が空いたように誰《だれ》もいない。

その薔薇の花の意味をぼくが知ったのは、先生が入ってきてすぐであった。

先生が、重い顔で、伊沢良江が、昨夜、死んだことをぼくらに告げた。

朝、起きて来ない良江を、母親が見に行ったら、ころん、と蒲団《ふとん》の中で死んでいたのだという。

それが、ぼくが死を身近に知った最初だった。

クラスの女の子の何人かは泣いたが、ぼくは泣かなかった。その時、ぼくはまだ死というものがよくわかっていなかったに違いない。

その日、ぼくは、良江の左肩の人形のことを何故《なぜ》か思い出し、皆に訊《たず》ねた。

「ねえ、昨日、よしえちゃんの左肩の上に乗っていた人形のことなんだけど……」

「え？」

「人形？」

「なに、それ」

ぼくが耳にしたのは、友人たちのそういう言葉であった。

誰ひとりとして、良江の左肩に乗っていたあの人形のことを知っている者はいなかった。

ぼくは、自分が、在りもしない幻を見たのかと思った。

いや、確かにぼくはあれを見たはずであった。ぼくの中に、ひとつの不安が芽生えていた。

皆には見えず、ぼくだけに見えるもの——それをぼくは見たのだ。

だんだんと、あれが死なのだとぼくは思うようになった。

死をぼくは見たのだ。

2

それから、長い間、ぼくは、その死のことを忘れていた。

思い出したのは、中学一年になった年の春のことである。

何故かその日は、朝から死んだ兄のことばかりをぼくは思い出していた。

ぼくには、生まれてすぐに死んだ双子の兄がいたのである。

父も母も、その兄のことはなかなか話したがらなかった。

どんな兄だったのかと、小さな頃から、そんなことを、ぼくは考えてばかりいた。

その日は、やけに兄のことばかりを思い出し、その兄の記憶と共に、あの人形のかたちをした死のことも、ぼくはぼんやりと思い出したりしていたのだった。

そんな時、ぼくは、再びそれを見ることになったのだ。

やはり、ケースは似たようなものであった。

同じクラスの水野国夫《みずのくにお》が、やはり自分の肩にその人形を乗せていたのである。

今度は右肩だったが、やはり正座をした裸の女の人形が、国夫の首に両腕をまわして、喉に唇を押しあてているのである。

そして、ぼくは、五年前の良江のことを、はっきりと思い出したのだった。

もう、ぼくは、それが、皆には見えないことを知っていたから、誰にもそのことを言わなかった。

国夫本人にだけ、そっと言った。

「それ、おもしろい人形だね」

「え？」

国夫は、不思議そうな顔でぼくを見た。

「その人形のことだよ」

ぼくは言った。

「人形？　なんだよ、それ？」

国夫は、ぼくの言葉の意味をわかりかねた表情で、ぼくを見つめた。

国夫本人もまた、他《ほか》の人間と同じように、自分の肩の上のその小人だか人形だかのことに、まるで、気がついていないのだ。

その翌日の昼休みだった。先生がいきなり教室に入ってくると、国夫の死を告げた。

今度も同じだった。

朝、母親が、なかなか下りて来ない国夫を呼びに二階まであがってゆき、そこで、眠るように死んでいた国夫を発見したのだという。

ぼくは、別に驚かなかった。

やっぱり、とぼくは思った。

やっぱりあれは死なのだとぼくは思った。

何か、誰も知らない秘密を知ってしまったような気がして、ぼくはひどくどきどきと心臓を鳴らし、おそらくは顔を赤くして、眼《め》さえうるませていたに違いない。

それが、一週間前のことだ。

3

その日、ぼくは、ひどく暗い気持で学校に行った。

ぼくの母が、昨夜、自殺をしそこねたのだ。

ぼくが二階で眠っている間に、大きなハサミで、自分の左手首を切ったのだ。

しかし、いつもは帰りが遅いはずの父が、その晩は、十二時前に帰ってきて、蒲団の中で手首を切った母を見つけたのである。

父につきそわれて、やってきた救急車に乗せられる時にも、母はうわごとのようにつぶやいていた。

「やっぱりあの女《ひと》の方がいいんでしょう――」

「あの女《ひと》はちゃんとした方だから」

「もう死ぬわ。死ぬわ。死ぬわ――」

死ぬわ、という言葉を、何度も何度も母はつぶやいていた。

父の顔は、暗くて重かった。

ぼくの脳裏に残っていたのは、真っ赤になった蒲団のシーツの色だ。

そして、もうひとつ、ぼくが聴いたはずもないひとつの音。

鉄のハサミが、

〝ぢょきり〟

と、肉を断つ時の音だ。

どんな音がしたろうか。

きっと、凄《すご》い音なのに違いなかった。本当にぼくが耳にしたのなら、たぶん、貧血をおこして倒れてしまうに違いなかった。

母は死なないと医者が言った時には、嬉《うれ》しいような、哀しいような、不思議な気がした。

父は、母が死のうとしたことも悲しそうだったし、母の生命《いのち》が助かったことも悲しそうだった。

誰も喜んでいる人はいなかった。

だから、ぼくも、母の生命が助かったことを喜べなかった。

悲しいことを、またひとつ増やしただけのような気がした。

学校にいる間中、その悲しい音が、

〝ぢょきり〟

と、ぼくの胸の中に転がっていた。
その騒ぎがおこったのは、昼休みだった。
ガタンと、教室の後ろで、机の倒れる音がした。
ぼくは、その時、自分の席に座っていたのだが、立ちあがって後方を振り返った。
机がひとつ倒れていて、その上に、仰向《あおむ》けにひとりの生徒が倒れていた。
倒れているのは、日下部義男《くさかべよしお》という、クラスでも目立たないひよわな少年だった。
義男は、左手で自分の左頬《ひだりほお》を押さえていた。
義男の足元に、沢田和幸《さわだかずゆき》が立って、上から義男を睨《にら》んでいた。
「けっ！」
沢田は、右足で、倒れた義男の腹を蹴《け》った。
義男は、うっ、と呻《うめ》いて腹を抱えた。
「どうしたんだよう」
近くにいた森川《もりかわ》が、沢田に向かって言った。
「この日下部のやつが、笑ったんだよ」
沢田は言った。
興奮のため、眼がぎらぎらして、そこから熱い湯がこぼれ出しているようだった。

「そうさ。死んだクニオのことを話してたら、この日下部が笑ったんだよ」

沢田が、また義男を蹴った。

義男は、蹴られた場所を左手で押さえ、右手を上着のポケットに突っ込んだ。

——何をするのか。

ぼくは思った。

しかし、沢田も森川も、そのことには気づいてないのか、自分たちの会話に気をとられていた。

「笑った？」

森川が訊《き》いた。

「まさか、笑うなんて……」

「笑ったんだよ！」

沢田が言った。

沢田の唇が、めくれていた。

「笑ったんだ。何故笑ったのかはわかっている。クニオが、この日下部のことを、馬鹿《ばか》にしていたからだ。クニオが、こいつのことを言って、皆に広めようとしていたからだ。そのクニオが死んだからだよ」

「なんだよ、どうしたんだよ」

「クニオが、日下部の両親がほんとは兄と妹との兄妹《きょうだい》なんだって、皆に言いふらそうとしたからさ。日下部の両親は、兄妹で赤ん坊を造ったんだ。その赤ん坊がこの日下部なんだ——」

いっきにまくしたてた。

その間中、ぼくは、義男を見ていた。

義男は仰向けになったまま、上着のポケットに右手を突っ込んでいた。

沢田がしゃべっている最中に、その右手を、日下部はポケットからするすると引き出しかけていた。

その手に、白い小さなものが握られていた。高さ二〇センチに満たない人形だった。全裸の女の人形——。

——あっ。

と、ぼくは思った。

周囲を見回した。

しかし、誰もその人形には気がついていないらしい。

全員が、ただ、沢田と日下部を眺《なが》めている。

息を飲んで、ぼくはその人形を見つめていた。

その人形——小人は、日下部の手を離れると、ゆっくりと歩き出した。

歩いてゆく方向には、沢田が立っている。

ぼくはぞっとした。

その人形が、沢田の足元までたどりつき、沢田のズボンの裾《すそ》を握って、ズボンを登り出したからである。

しかも、沢田も誰も気がついていない。

知っているのは、ぼくと、日下部だけであった。

人形は、沢田の服をつかみながら、ゆっくり沢田の身体《からだ》を登り、その肩の上に正座をした。

そうして、ゆっくりと、沢田の首に、その細いしなしなとした両腕をまわした。

「あっ」

ぼくは声に出して叫んでいた。

思わずぼくは、そのまま沢田に歩み寄っていた。

右手の指を、ぽかんとしている沢田の左肩に伸ばしかけた。

その時であった。

いきなりその人形がぼくを振り向いた。

〝しゃっ〟

低い声で哭《な》いて、その人形が、かっと口を開いて、ぼくの右手の人差し指に噛《か》みついてきた。

いったんぼくの指先にその人形が口でぶら下がり、下に落ちた。

ぼくのその指先に、鋭い痛みが跳ねた。

ぼくの指先に、ぷっつりと赤い血の玉が浮きあがった。

その指をぼくはしゃぶった。

たっぷりとした血の味がした。

指先に、小さな、針でついたような四つの丸い穴があいていて、そこからたちまち血の玉が盛りあがってきた。

ぼくは、床を捜したのだが、もう、どこにもさっきの人形はいなかった。

「どうした？」

沢田が、ぼくを見つめて言った。

「どうもしないよ」

ぼくは首を振って答えた。

日下部が、凄い目でぼくを睨んでいた。

4

「ねえ」

その日の帰りに、日下部がぼくに声をかけてきた。

校門を出たばかりの所だった。

声をかけられ、一瞬驚いたが、実は心のどこかで、日下部が声をかけてくるのをぼくは待っていたのだと思う。

ぼくがふり返ると、そこに日下部が立ってぼくを見つめていた。

どちらからともなく、ぼくらは歩き出した。

「ねえ、きみ――」

と、日下部が、歩きながらぼくに声をかけた。

「きみには、あれが見えるんだね」

日下部が、横から、ぼくの眼を覗《のぞ》き込んでくる。

ぼくは、緊張した顔で、どう答えていいかわからずに黙っていた。そのぼくの顔を見つめていた日下部が、すうっと唇《くちびる》を横に引いて微笑した。

「やっぱり見えるんだね」

ぼくは、やっとうなずいた。

それから、ぼくらは、長い間沈黙したまま歩いた。

商店街を過ぎ、ぼくらは、日暮の住宅街を、黙ったまま歩いた。

「あれ、聴いただろう？」

日下部が言った。

「あれって？」

ぼくは訊いた。

「昼間、沢田が言っていたことだよ」

「え？」

「ぼくの父と母が、ほんとうは夫婦ではなくて兄妹なんだってことをさ」

言われて、ようやくぼくはうなずいた。

「あれ、本当のことなんだよ。だから、あいつを沢田にたからせてやろうとしたのに、きみが邪魔をしたんだ」

「邪魔？」

「あいつが、沢田の喉《のど》を唇で吸う前に、手を伸ばしたじゃないか」

日下部が言った。

ぼくと日下部とは、どちらからともなく、暗い神社の境内へと足を踏み入れて行った。

あたりは薄暗かった。

頭の上で、イチョウの枝が、ざわざわと揺れていた。

ぼくは、ふいに、思い出していた。

「伊沢良江っていう子を、知ってるかい？」

ぼくが言うと、日下部は、にんまりと笑った。

「知ってるよ。最初に、あれをとりつかせてやったやつだからね」

「最初に？」

「ぼくの家の隣りに住んでいたんだよ。意地の悪い子でさ。毎晩、うちの両親がケンカしていることを、あちこちで言いふらしてたから、あれをとりつかせてやったんだ」

「あれって……」

「これさ」

言って、日下部が、ポケットからそれを抜き出した。

その手に、あの裸の女の子が握られていた。

「これは——」

「ほら、やっぱり見えるんだ」

日下部は、にっと笑った。

「何なんだい、これは——」

「わからないよ。ただ、これをとりつかせてやったやつは、その日のうちに、ぽっくりと原因不明の病気で死ぬんだ」

「——」

「ぼくは、こいつはぼくの姉さんだと思ってるよ」

日下部は言った。

「姉さんて？」

「ぼく、ほんとは、双子として生まれたんだよ。ほんとうは、もうひとり姉さんがいたんだけど、姉さんは未熟児で、生まれてすぐに死んじゃったんだって。ぼくよりも、ずっと小さかったらしいよ。ちょうど、このくらいにね。姉さんにまわる分の栄養が、きっと、みんなぼくにまわっちゃってたんだな」

「ほんとうに、それは君の姉さんなのかい」

「そう思ってるよ。姉さんであって、そしてまあ、鬼みたいなものさ——」

「鬼って？」

「昔から、こういうものは、みんな鬼と呼ばれてきてるんだ。ぽっくり病なんて原因がわからない死に方をした人間は、みんなこういう鬼の仲間にとっつかれた人間じゃないのかな。こいつは、気がついたら、いつもぼくのまわりにいたんだ。寝ている時も、眼を開けると、こいつがそばにいたよ。でも、他の者にはこいつが見えないんだ。だんだん、そのことに気がついてね、ぼくは、誰にも何も言わないで、こいつを飼うことにしたんだ」

「飼うって――」

「三日に一度くらい、エサをやるんだよ」

言ってから、日下部は、自分の左手の薬指を出して、その指先を口に咥《くわ》えた。

〝ぶちっ〟

と、音がした。

日下部が、自分の指の肉を噛《か》み破ったのだった。

その指先を、右手に握った人形の前に持ってゆくと、人形が両手を伸ばして、その指を自分の方に引き寄せた。

女の人形は、指先を咥えて、その先端をちゅうちゅうと音をたてて吸い始めた。

「血が、エサになるんだよ」

日下部が言った。

「こいつを、君の肩にとまらせてあげようかな」

日下部が言った。

「やめてくれよ」

ぼくは言った。

「やめるよ。だって、ぼくらは仲間だからね」

「仲間？」

「そうさ。もうわかってるだろう？」

ぞくりとする声で、日下部が言った。

「何のこと？」

「へっ」

途端に、日下部が、下卑《げび》た笑みを浮かべた。

「とぼけちゃってさあ——」

「何もとぼけてはいないよ」

「凄い偶然じゃないか」

日下部が言った途端に、ぞくりとぼくの背を震わせるものがあった。

「きみんとこも、ぼくんとことおんなじなんだろう？」

日下部が言った。

こわい顔でぼくを見た。

「何が同じだって？」

「だからさ——」

日下部が言った。

「きみんとこのお父さんとお母さんが、本当は、夫婦ではなくて、兄妹だってことさ。そして、きみは双子だったんだろう？」

日下部はこわい眼でぼくを覗《のぞ》き込んだ。

「ぼくは知っているよ。ぼくらみたいな子供には、双子のかたわれが、可哀《かわい》そうに思って、とりついて守ってくれるんだよ。それがこれなんだ」

日下部が言った。

「でも、誰か、本当に憎いやつがいないと、これはまだ出てこないよ」

日下部が眼をやると、ちゅうと音をたてて、それが血をすすった。

〝ぢょきり〟

ぼくの中で、その音が響いた。

ぼくのお父さんとお母さんが、まさかそんなことだとはとても信じられなかった。

その時、ぼくはおそらく、生まれて初めて、人を憎んだ。

ぼくの眼の前で、にやにや笑いながら、ぼくを見ている少年に、ぼくは理由のない殺意を抱いた。

そして、ぼくは見たのであった。

白い全裸の小さな小人が、ぼくの足元に立って、凝《じ》っとぼくを見つめているのを——。

おお。

ぎょきり、、、
ぢょきり……。

微笑

1

ぼくが、彼女にプレゼントしてあげたのは微笑だった。

彼女の名前は、鬼奈村涙子《きなむらるいこ》。

ぼくの姉である。

苗字《みようじ》の鬼奈村も珍しいがそれはしかたないとして、どうして彼女に涙子などという名前がつけられたのか、それがぼくにはわからない。

女の子の名前に涙の字をあてるというのは、そうあちこちに例があるとは思えない。その名前を、姉がどこまで気にいっていたかというと疑問だが、ほっそりとした痩《や》せ型の姉は、その名前によく馴染《なじ》んでいたように思う。

もっとも、ぼくの名前だって、鬼奈村潮《うしお》だから、珍しいという点では涙子と似たようなものだ。いや、この似たようなという言い方は、あたってはいない。他人は、そう珍しい名前とは思わなかったかもしれないし、この名前にどうも馴染めなかったのは、ぼくひとりだけだったかもしれないからだ。

〝潮〟は、漢字で書けばどうということはないが、実際に他人がぼくのことを呼ぶ時に漢字で呼んでくれるわけではない。平仮名で呼ぶ。

〝うしお〟

と呼ばれれば、誰でも〝潮〟よりは〝牛男〟を想像してしまうのではないだろうか。

事実、ぼくの姉は、何度かぼくのことを牛と呼んだことがある。

ぼくの体型は、どちらかと言えば姉に似ていて痩せ型なのだが、姉は、自分とぼくとが似ていることを、たとえ体型にしろ、あまりこころよく思ってはいなかったのかもしれない。

ぼくを牛と呼んだのも、ぼくの姿のことを言ったのではなく、動作について言ったのだと思う。

ぼくが、彼女と再び一緒に暮らせるようになったのは、父が死んだからである。

父と母とは、ぼくが七歳の時に離婚した。

姉が十二歳の時である。

離婚の原因を、ぼくは知らない。

いや、なんとなくというよりもっと曖昧《あいまい》なものではあるけれど、その原因の見当はつくような気がする。

ぼくの父は、絵描《えか》きだった。

画家と呼ぶような人であったのかどうかは知らないが、絵描きだった。少なくとも、毎日、絵を描いていた。

テレピン油の匂《にお》いを嗅《か》ぐと、今でも父の顔が浮かんでくるし、父の指や服にこびりついていた絵の具の青や白は、今も鮮明である。何故《なぜ》か、父は、よく青い色の絵の具ばかりを、手や服にこびりつかせていたように思う。

その父と母とが、大声で言い争うのを、ぼくは一度だけ聴いたことがある。

その頃《ころ》、ぼくは、まだ姉と同じ部屋で眠っていた。

——夜半頃だったと思う。

ひどく大きな父の声がして、ぼくは眼《め》が覚めたのだった。

はじめは、ぼくもまだ寝ぼけていて、恐《こわ》い夢の続きか何かのように考えていたのだが、何かが叩《たた》きつけられて壊れる音が耳に飛び込んできて、それが夢でないことを知ったのだった。

ぼくは眼を開けた。

真の闇《やみ》ではなかった。

窓の外から、レースのカーテン越しに月明りが差していて、部屋の中は、蒼《あお》いような闇に包まれていた。

夜半に目を覚ました深海魚の気分がどういうものかはわからないが、きっと、こんなものだろうとその時ぼくは勝手に思った。

最初に見えたのは、横のベッドで寝ている姉の眼であった。

蒼い闇の底で、濡《ぬ》れて、黒々とした姉のふたつの眼が、何かを覗《のぞ》き込もうとするように、見開かれていた。

姉は、ぼくよりずっと前から、その音に気がついていたに違いなかった。

音は、階下から聴こえていた。

怒鳴る父の声——。

何かの壊れる音——。

父の相手が母だということはわかったが、母の声は、低くてよく聴きとれなかった。

話の内容はよくわからなかったが、ふたりとも、いつもぼくが耳にしているよりも、ずっとこわい声で話をしていた。あの父や母が、このような声を出すのかと思った。

ふいに、何か知らない世界を覗き見てしまったように、ぼくの胸は息苦しいほど、どきどきとしてしまった。

すぐに眼の前の闇の中にいる姉の眼。

その姉の息づかいや、心臓の音や、そこから押し出された血液が、姉の体内を巡る音さえ、聴こえているような気がした。

何か、生々しいものがあった。

姉の呼気が、ぼくの頬《ほお》に届いているような気がした。

自分の股間《こかん》のものが、堅くなっているのを、生まれて初めて意識したのもその時である。

その時から、ぼくは姉を意識し始めたらしい。

父と母とが離婚したのは、それから十カ月余り後のことだった。

あの晩の争いの原因は、今は、見当がついている。

それは、姉が、父の娘ではなかったということと、そして、まがりなりにも売れていた父の絵のほとんどが、実は母のコネがらみで売れていたのだということが、わかってしまったからである。

父に、ほんとうに絵の才能があったのかどうか、ぼくは知らない。

もしかするとなかったのかもしれない。

仮に、わずかなりとも父に絵の才能があったとしても、その才能はそれで終わってしまった。

終わらせたのは母だと言う人もいるが、父が持っていたかもしれない才能も、その程度であったということだ。ほんとうの才能というのは、そうたやすく他人がつぶしたりできるものではない。

ぼくは、父にひきとられ、苗字も、鬼奈村から、父方の姓の柴田《しばた》に変わった。

それから、父の死ぬ五年後まで、ぼくは母とも、母がひきとった姉とも会うことはなかった。

父は、それからずっと、絵筆を握らず、ぼくが十二歳の時に、交通事故で死んだ。

その死ぬまでの間、父は、日雇いの仕事をしてぼくを育ててくれたのだ。

ゴミの中を這《は》いずる虫のように生き、虫のように、父は死んだ。

しかし、ぼくはその父が好きだった。

住む場所を転々と変えながらの五年間だった。ぼくは父に気に入られるようないい子でいようと努力をしたし、また、父もぼくに気に入られるように努力をしていたと思う。

「かあさんに会いたいか――」

父は、酒を飲むと、年に一度くらい、ぼくにそう訊《き》いた。

母との離婚を、おそらく父はずっと悔やみ続けていたのではないかとぼくは思う。

父が、ずっと母のことを好いていたことを知っている。だが、愛情が深ければ深い分だけ、また、父の傷も深かったのだ。

しかし、父は、おそらくは気がついていなかったはずである。

ぼくが、母よりは、実は姉と会いたがっていたということを。

父と暮らした五年間、ぼくは、毎日、姉のあの晩の息づかいや、闇の中の濡れた瞳《ひとみ》を思い出していた。あの時、姉の肉体の中で脈打っていた温かな心臓や血に、この指で触れてみたかった。

時には、姉のことを思うと、息苦しいほどになってしまうこともあった。

そんな時には、股間のものが、堅く立ちあがっていることもしばしばだった。

それがぼくには罪深いことのように思えたが、その分だけ、甘美な陶酔もあった。

ぼくが自慰を覚えたのは九歳の時で、初めての時に頭に思い描いたのは姉の姿だった。

それからは、毎日のように、やった。

ほとんどの時に、頭に浮かべるのは姉のことであった。

ぼくの頭の中で、姉は、いつまでも歳《とし》をとらなかった。

ずっと、あの晩の十二歳のままの姉であった。

ぼくが、五年後、父が死んで母にひきとられ、再び苗字が鬼奈村になった時、ぼくは、その頭の中に描く姉と同じ年齢になっていた。

ひそかに胸をときめかせ、五年ぶりに会った姉が、別れた当時の十二歳ではなく、きちんと十七歳になっていたことが、ぼくには不思議だった。

2

母は、美しいひとだった。

ぼくらが、再び一緒に暮らし始めた当時で、三十九歳であったはずだ。母は、二十二歳の時に、ぼくの姉を産んでいる。

けれど、どう見ても、母がそんな歳だとはぼくには思えなかった。

せいぜい三十歳そこそこくらいにしか見えない。

母より十歳も若い人で、母より老《ふ》けて見える人をぼくは知っている。

母は、決して厚い化粧をしないひとだった。そのほうが、自分は美しく見えるのだということを知っているのである。それに、濃い化粧は母の好みではないのだ。ぼくも好きじゃない。

母は、街で、宝石を売る店を、自分でやっている。

けれど、店に出る時以外は、どんな宝石も自分の身につけようとはしなかった。

母の肉体の動きは、指先までが優雅であった。

食事の時の箸《はし》の持ち方や、お茶を飲む時に何気なく片手をそえる、そのそえる手の指のそろえ方までが綺麗《きれい》だった。

何か少しも無理がない。自然にそういう動作が身についてしまっているらしい。

うたた寝をしながら、小さく唇《くちびる》を開いている時でさえ、愛らしい。

一緒に暮らし始めてのしばらくの日々は、母のそういうところを発見することが、ぼくには楽しかった。

女のひとの項《うなじ》に、どきりとするような色香が含まれていることを、ぼくは、母を見ていて知ったのだ。

やわらかな耳たぶから、毛の生え際《ぎわ》、首筋から肩までの曲線の艶《なま》めかしさ。それは、どんな女性にもあるものではない。

そんな母を見るたびに、ぼくの頭の中に父の顔がよぎった。

ぼくの父が、毎日、どんな思いでこの母を見ていたのか、十二歳の子供にわかるはずのないことも、ふとわかるような気もしてくるのだった。

そんな時のぼくは、父のような顔をしていたに違いない。

「かあさんに会いたいか——」

おそらくは、そう言った後の、淋《さび》しげな父の顔だ。

その時の父の気持も、今はいくらかはわかる。ぼくが姉に会いたかったように、父も母に会いたかったのだ。

母は、頭のいい女性だった。

そして、めったに笑わなかった。むろん、笑うことはあったが、その笑《え》みには、温かみのようなものが欠如していたように思う。

久しぶりに会ったぼくに、彼女が向けてくれた愛情は、細やかで、そつがないほどであった。

父がぼくにそそいでくれた愛情は、ぎこちなくて、屈折してはいたけれど、しかし、温かさはあった。ぼくは、父の血の温度をしっかり感じとることができたし、時には、父の心の傷《いた》みのようなものさえ、感じとることができた。

父は、ぼくに、不思議な哀しみのようなものを残して、逝《い》ったのだった。

姉は、驚くほど、母に似ていた。

歳を重ねれば重ねるほど、姉の肉や血の内部に眠っていた因子が目覚め、母に似てゆくのである。

姉の、お茶を飲む時の仕種《しぐさ》や、項《うなじ》の線にもぼくは母と同じものを見つけることができた。

ふっくらとした唇は、嚙《か》みとってしまいたくなるほどで、あのふたつの唇は、いつまで口の中に含んでいても、飽きそうになかった。

肌《はだ》の色は、暗い谷の奥に残っている残雪のように、痛々しいほど白かった。

だから、唇のほんのりした赤には、淡彩の鮮やかさがあった。唇の薄い皮膚の下に、血の赤が透けて見えているのかと思えた。

姉がティーカップから紅茶をすする時にできる唇の皺《しわ》もぼくは好きだったし、その時に見える、白い歯の先までが好きだった。

十二歳の時よりは、髪はずっと長くなっていた。見ていると、髪の一本ずつの表面に、きらきらと、宝石粒のようなものがきらめくのが見える。

朝、起きたばかりの、姉の吐く息の微《かす》かな匂《にお》いさえ、ぼくには好ましかった。

何よりも、ぼくが驚いたのは、姉の身体《からだ》の線であった。

胸は、ふくらんでいたし、お尻《しり》の丸みや、腰のくびれが、当時とは大きく変化していた。

変化していないのは、あの晩、暗がりの中で見た、あの濡れたような黒い瞳である。

三人で住むには広すぎるほどの屋敷の中で過ごしたあの数年間を、ぼくは一生忘れることはないだろう。

ふたりの女性を、ぼくはひとりじめにしていたようなものだったからだ。何よりも、姉と一緒に暮らすということが嬉《うれ》しかったのである。

たとえ、姉が、ぼくを好いてくれなかったとしてもである。

3

ぼくの動作があまり早くないことは、もう話したろうか。

早くない、というよりは、ぼくは動作がのろかった。

ぼくの体型は、母や姉と同じ痩せ型で、しかも、黒い瞳や白い皮膚までを、ぼくは母から受けついでいた。

鏡で見ると、ぼくはまるで女のような姿体と、貌《かお》だちをしていた。

自分や母と似た身体つきと貌だちをしたぼくが、のろまな人間であるということが、姉にはどうもたまらないことだったらしい。

ぼくは、それに長い間気がつかないでいた。

姉が、ぼくを好いていてくれたとは思ってはいなかったのだが、好いていない、というよりは、はっきり、姉がぼくをうとんじていることを、ある時ぼくは知ることになった。

それは、ぼくが、母と姉と再び一緒に暮らすようになってから一年くらい経《た》った、朝のことであった。

その朝、ぼくは初めて、姉から牛と言われたのである。

初夏だった。

朝の七時半――。

その時の光景を、ぼくはよく覚えている。

まだ強くなる前の陽差《ひざ》しが、窓から大きく差し込んでいた。

窓は大きく開けられ、レースのカーテンも開けられていた。

その窓から、庭の欅《けやき》や楡《にれ》の新緑が見えていた。

陽差しを受けて、新緑が明るい緑色に輝いていた。風を受けるたびに、その梢《こずえ》が揺れて、無数の葉が、次々に葉裏を返してさざめく。その梢の影が、部屋の床に落ちていて、そこに光の斑模様《ふもよう》を造っている。

その光と影の模様が、風が吹くたびに床の上でちらちらと踊るのだ。

風は、頬や、半袖《はんそで》にしたばかりの腕の素肌にこころよかった。

朝食は、ハムエッグに、ジャムとバター。それに、ほうれん草の炒《いた》めたものとパン。

あとはコーヒーと、たっぷりと山盛りにコップに入った冷たいミルク。

ぼくは、この食事というやつが苦手だった。

食べるスピードがのろいからである。

普通に自分のペースで食べている分にはいいのだが、母や姉と一緒に食事をするというのは、ぼくにとってはかなりの難事業だった。

父と暮らしていた頃は、朝食はいつも御飯だった。みそ汁《しる》を御飯にかけて、そのまま食べるようなこともよくあったのだが、こちらの家にもどってきてから、朝食はパンというのがあたり前のような生活になってしまったのである。

パンが嫌《きら》いではないし、それはそれでいいのだが、その食べ方というか、朝食に、浅い皿《さら》からものを食べるというようなことは、ぼくにはどうも馴染《なじ》めなかった。

潮というぼくの名前に、どうしても馴染みきれないのと似ているかもしれない。

ぼくは、一生懸命に食べた。

なんとか、母と姉と一緒に食事を終えるように努力をした。

パンはいやだと、その歳頃の子供のように、わがままを言うことも、ぼくはしなかった。

それは、今思うと、死んだ父への——息子の親父に対する義理だてというか、そういうような部分も含まれていたように思う。

朝食にパンを食べることもできないような息子に、父がしてしまったのかと、母や姉に思われたくなかったのだ。とるにたらないささいなことのようだったが、そんなところに、へんにぼくはこだわっていたのだ。

しかも、一生懸命に食べていながら、その一生懸命さが外に表われないように、ほんとうに自然に食事をしているように見せるため、ぼくはエネルギーのかなりの部分をさいた。

ぼくは、その一生懸命さを、きちんと隠しおおせていたように思っていたのだが、実はそうではなかったのだった。

ぼくが、ハムエッグのハムを口の中で噛《か》んでいる時、ふいに姉が言った。

「やめてよ――」

はじめ、ぼくは、それがぼくに向けられた言葉だとは思わなかった。

口の中でハムエッグを噛んでいると、

「やめて」

また姉が言って、ぼくは初めて、その言葉がぼくに向けられたものだということを知ったのだった。

ぼくには、姉が何をやめてと言っているのかわからなかった。

おそらくは、きょとんとした眼つきで、それでも一生懸命、口の中のハムエッグとパンを噛みながら姉を見た。

「音よ――」

と、姉は、細い眉《まゆ》を小さくしかめて言った。

――音？

「物を食べる時、あなたがいつもたてているその音よ」

ぼくは、口の動きを止めていた。

「いつも何をむきになって、そんな食べ方をするの――」

その言葉が、鋭利な刃物となって、ぼくの心臓を貫いた。

〝いつも〟

と、姉は言った。

姉は、知っていたのだ。

ぼくが、一生懸命にやっていたことをみんな知っていたのだ。

そう思った。

ぼくは、みっともいいとは言えない微笑を曖昧《あいまい》に浮かべながら、いつまでも口の中のものを飲み込めずにいた。

「牛みたい」

と、姉は言った。

姉の眼は、弟を見るというよりは、何か違う生き物を見るような眼でぼくを見た。

そのことがあってから、食事は前よりも苦痛になった。

いったい、音をたてないでものを食べることなんかできるのだろうか。食べながら注意していると、確かに、くちゃくちゃという音が、自分の耳にとどいてくる。口の中に入れたものを歯で噛んだ時に、その食べものから押し出されてくる唾液《だえき》の混ざったその汁を、ぼくは舌でこねて強く吸っているのである。

むろんのこと、あまり気持のいい音ではない。

これと同じ音が、姉の耳まで届いているのだろうか。

姉がものを食べるのを注意深く見ると、それでも微かに音をたてている。

その音よりももっと大きなぼくの音が、姉の耳には届いているのだろうか。

自分で食べているから、自分の耳には大きく響くのであって、他人の耳にはそれほど大きくは響かないのではないかと思うのだが、それを確認するすべがぼくにはなかった。

ぼくは、ものを食べるということに、急に恐怖を覚えてしまった。

ぼくは、姉の前では、以前にも増しておどおどと、ぎこちなくものを食べるようになってしまった。

その時からである。

ぼくの中に、黒い、小さな虫が育ち始めたのは——。

姉は、母と同じように、ほとんど笑顔を見せなかった。

少なくとも、あのふっくらとした唇が、ぼくのために微笑してくれたことは一度もなかった。

ぼくは姉の微笑が好きだったのだが、姉はぼくにその微笑を見せるのを嫌《いや》がった。

ぼくの視線を感じた途端に、たまに浮かびかけた微笑も、風にさらわれたように遠のいてしまうのだ。

食事の時に、姉に音のことを言われてからもうひとつ、へんな癖がぼくについてしまった。

姉の前に出ると、つい、自分の右手の指の匂いを嗅いでしまうのである。

ぼくが、姉の姿を頭に思い描きながら自慰をしていることは、すでに話した。

その罪深い行為を、まだ、ぼくはやめてはいなかった。

その匂いが、指先に残ってはいないかと、つい、自分の指を鼻先に持っていってしまうのである。

自慰をしたあとは、必ず石鹸《せっけん》で手を洗うようにしているのだが、自分でも気づかないうちに、その匂いが姉に届いているのではないかという強迫観念が、そういう自分の指の匂いを嗅ぐという行為を、ぼくにさせるのだ。

手を洗ったはずなのに、そのことの記憶が曖昧になって、一日のうちに何度も手を洗ってしまうこともしばしばだった。

おそらくは、怯《おび》えた犬のような眼つきをしながら、おどおどと、ぼくは、ぼくの指の匂《にお》いを嗅《か》いだ。

どれほどぼくが、姉に好かれようと努力をしたか、それは誰も知らないだろう。

どれほどぼくが姉に焦《こ》がれていたかも、誰も知らなかったに違いない。

姉がはいていた靴《くつ》を覚えていて、夜半にそっと起き出してはその靴を暗い自分の部屋に持ち込んだりした。

床に横になって、その靴の臭い、姉の汗の匂いを嗅ぎながら自慰をするのが、ぼくは好きだった。

その臭いを鼻孔に吸い込みながらすると、たまらない至福がぼくの背を、鋭い針のように貫くのだった。

夜になると、とても言えないようなことまで、ぼくはぼくの部屋の暗がりの中でしたのだ。

放出する時に、わざと姉のその靴の中に放ったこともある。

そのぼくの放った液体を、ぼくは、ティッシュペーパーで、姉にわからないように、まんべんなく姉の足の裏が踏む部分に塗りつけた。

そういう日の夜は、ぼくは興奮してなかなか寝つけなかった。

翌日は、一日中、胸がときめいた。

昨夜、ぼくが放ったあれを、姉の足が今踏んでいるのかと思うと、たまらなかった。姉の汗とぼくのあれとが混ざりあっているのかと思うと、慰めても慰めても、ぼくのあそこは堅く立ちあがってくるのだった。

ぼくと同じ血が、半分はその姉の体内にも流れているのかと思うと、その罪の深さにぼくは恍惚《こうこつ》となった。

姉の中に流れている血のぼくとは違うもう半分の血。

それは、ぼくの父であったひとの血とは違う、別の男から受けついだものだ。

その男、姉の父であるひと（そうぼくは信じていた）は、時おり、ぼくたち三人で暮らしている家にも顔を見せた。

来れば、必ず夕食を食べて帰った。

やけに高価そうなスーツを着た、初老の男だった。

その男が来る日だけ、わずかに母の化粧が濃くなるのを、ぼくは知っていた。

時々、外出した母の帰りが遅くなるのは、その男のせいだと、ぼくは勝手に考えていた。

その男は、ぼくの眼にも、ぼくの父よりは母にふさわしい人物のように思えた。

けれど、それは、ぼくがその男を好いていたという意味ではない。

その男は、ぼくとぼくの父があちこちを転々としていた頃、すでにこのようにこの家に顔を出していたのだ。ぼくがこの家にもどってきてから、初めてその男がやってきた日の晩、その男はすでに、トイレのある場所を知っていたし、その男のための箸《はし》やコーヒーカップまでがきちんと用意されていたことを、ぼくは知っているのだ。

ぼくは、その男が嫌《きら》いだった。

その男が来ると、ぼくがこの家からはじき出され、母と姉とその男の三人が、昔からこの家に住んでいた家族のように、ぼくには思えてしまうのだ。

その男と、母が結婚することになったのは、姉が、二十歳の成人式をむかえた年であった。

その年の六月、まだ梅雨がくる前のよく晴れた朝に、街の教会でその男と母は式をあげた。

男には妻子があったのだが、式の半年前に、正式に籍《せき》を抜いての結婚であった。

式に出たのは、ぼくと姉だけである。

ささやかな式であった。

かなり豪華な食事を、その後、街のレストランですませ、母とその男はハネムーンに出た。

行く先はヨーロッパで、帰ってくるのは一週間後であった。

4

ぼくが学校から帰宅すると、すでに食事の用意ができていた。

姉の姿は見えなかった。

食事の量は、ひとり分であった。

茶碗《ちゃわん》も、箸も、出ているのはぼくのものだけだった。

メモ用紙がテーブルの端に載っていて、姉の走り書きがあった。

〝帰りが遅くなるから、先に食べて、寝て下さい〟

そう、文面にあった。

――またか。

と、ぼくは思った。

これで、四日目だった。

ぼくが帰ってくると、姉の姿はなくて、食事の仕度と、メモが置いてあるのだ。

ぼくが楽しみにしていた、姉とふたりだけの蜜月《みつげつ》は、そんなふうに始まったのだった。

姉が帰宅したのは、これまで三度とも真夜中をまわっていた。

むろん、そのどの時もぼくは眠ったりはしていなかった。

灯《あか》りを消し、ベッドの中で息を殺して、闇《やみ》を見つめていた。

鼻孔から闇を吸いあげ、そして吐く。

その呼吸を、何度も何度も気の遠くなるほど繰り返した。

やがて、家の外に車が停《と》まり、車のドアの開く音と閉じる音がして、車が走り去る。

そして、足音を忍ばせて、姉が帰ってくるのだ。

階下で、姉が、お茶を飲む音も、シャワーを浴びる音も、きちんとぼくは闇の中で聴いている。

やがて、ひっそりと階段を登ってくる音が響く。

ぼくの隣りの部屋のドアが開き、姉が、自分の部屋にもどってくる。

そうして、姉が眠りにつくまでの間を、ぼくは闇に姉の姿が凝《こご》るほどに、その時々の姉の姿を脳裏に思い描くのだ。指の先や、髪の垂れ具合。どんな細部に至るまで、ぼくはしっかりと姉のその姿を想像することができた。

いつか生まれた、あの黒い虫が、ぼくの肉の中をびっしりと埋め尽くして、もぞもぞと動いている。肉の中にむず痒《がゆ》さを覚えるほどだった。

そして、その黒い虫の間に、ちろちろと青い炎が燃えている。

嫉妬《しっと》の炎だった。

ただ、単に、姉がぼくとふたりっきりになるのを避けているとは思えなかった。もし本当にそれだけの理由で帰りが遅いのなら、どんなにかぼくはありがたかったことだろう。

——姉に男がいる。

ぼくはそう確信をしていた。

外で、ぼくに隠れて男に会っているのだ。

たまらなかった。

闇の中で姉を待っている間中、その妄想《もうそう》が闇の中に浮かぶのである。

男の逞《たくま》しい身体の下に組み敷かれている姉の姿が、きちんと眼に見えるのだ。まるで、その時、まさしく姉がそのような姿態で男に犯されているかのようだった。

翌日の朝は、ぼくも姉もいい子の顔をする。

「何時に帰ってきたの？」

と、ぼくは言う。

これは、眠っていて、姉が何時に帰ってきたのかわからないという意味を、言外に含めているのである。

「十二時頃だったかしら――」

姉は、そう答えてぼくを見る。

一時間以上もさばを読んでいる。

「わかんなかったよ。十一時頃には寝ちゃってたから――」

――姉さん、ほんとうはぼくは知っているんだよ。外で男に会って、その男の車で送ってきてもらったんだろう？

そう腹の中では思いながら、ぼくは言う。

「そう」

すると、安心したように、姉はそう頷《うなず》くのだった。

その日――四日目の晩は、特に帰りが遅かった。

ぼくは、灯りを消した部屋の中で、身を縮めて、姉を待っていた。

姉が帰ってきたのは、夜半の二時であった。

いつものように、遠くから車の音が近づいてきて、ぼくの家の前で停まる。

そして、人の降りてくる音。

おや!?

と、ぼくは思う。

今日はいつもと違う。

車の立ち去る音がしないのだ。

近づいてくる足音。

ひとりではない。ふたり分の足音だった。

姉と、そしてもうひとり、男が一緒に降りてきたのだ。

家のドアが開き、そして閉まる音。

男と女のひそひそ声。その声が、すぐぼくの耳元で囁《ささや》かれているむつ言のように届いてくる。

「だいじょうぶ。いつも寝ちゃってるから――」

そういう姉の声。

低くしゃべっていた声が、ふいにとぎれた。

ぼくにとっては気の遠くなるような長い沈黙の刻《とき》が過ぎ、また、ふたりの声がとどいてくる。

その沈黙の間中、ふたりは、とても言葉を発することができないことをしていたのだ。

おそらくは、唇《くちびる》と唇とを合わせていたのである。

「姉さん……」

と、ぼくは、小さく言った。

肉の内側から、無数の針がぼくの皮膚を刺しているようだった。

黒い虫が、ぼくの体内いっぱいにふくれあがっているのだ。

ぼくは、そのむず痒い痛みに耐えるように、ぼくの脚の間で堅くなっているものを握りしめた。

やめて、と、ぼくの中で叫ぶものがいる。

やめないで、と、ぼくの中で呻《うめ》くものがいる。

母の寝室のドアの開く音。

ああ、とぼくは呻く。

恐《こわ》いほどの沈黙の後に、小さく、細く、すすりあげるような姉の声が響いてきた。

ベッドの軋《きし》む音。

ぼくは、床に降りていた。

闇の中で床にうつ伏せになって、下で行なわれているものを見ようとでもするように、床の下方を睨《にら》みつけた。

ぼくは、いつの間にか、床に自分の熱くなったものを押しあて、小刻みに腰をゆすっていた。

他の男に犯されている自分の姉を、同時に自分が犯しているような気持になっていた。

姉の声が、ひときわ高くなった時、ぼくはパジャマのズボンの中におびただしく放っていた。

すごい快感が、ぼくの中を突き抜けていった。

その快感が、ぼくの肉を押しのけ、外に向かって飛び出していった時、ぼくは、ぼくの肉がその一瞬、やぶけたのかと思った。

やがて、男が帰った。

そしてゆっくりと姉が二階にあがってきた。

ぼくの部屋の前で姉が立ち止まる。ぼくが眠っているのかどうか、さぐっているのだ。

ぼくは、すぐそのドアの内側に立って息を殺している。今、いきなりこのドアを開けたら、姉はどんな顔をするだろう？

このドア一枚へだてた闇の中に、今、男に抱かれたばかりの姉の身体が立っているのだ。

ぼくはどきどきして、もう一度射精してしまいそうになった。

姉が、自分の部屋に入る。

ぼくは、ゆっくりと待った。姉が眠るのをである。姉が眠ったら、もうそれからはぼくの時間である。

待っているんだよ、姉さん——。

ぼくは、たっぷりと時間をかけてから、自分の部屋を出た。

足音を忍ばせて、姉の部屋の前に立つ。

部屋の中の気配をさぐってから、ゆっくりと、ドアを内側に押し開いた。

暗かった。

蒼《あお》く澄んだ闇が、その部屋に満ちていた。

窓から、レースのカーテン越しに、月光が部屋の中に入り込んでいるのである。ぼくの心臓は、破裂しそうだった。

そして、ベッドに眼をやった時、ぼくは驚きで、あやうく口から心臓をせり出しそうになった。

姉が、ベッドの上で、眼を——あの黒い濡《ぬ》れた瞳《ひとみ》を見開いて、ぼくを見ていたのである。

あの晩と同じであった。

たっぷり三分以上、ぼくと姉とは、見つめあった。

その見つめあっている間に、ぼくはありったけのものを、視線で姉に届けようとした。

——とうとうこうなったね、姉さん。

姉の呼吸音が、はっきりとぼくの耳に届いている。心臓の音までが聴こえている。温かな血が、姉の皮膚の内側を脈打つ音さえ、聴こえそうであった。

闇に、ぼくは、はっきりした姉の肉体の温もりを感じとっていた。

わかっているよね、姉さん。

姉さんは頭がよかったからね。姉さんは、これまで一度も、ぼくに向かって笑ってはくれなかった。たった一度もなかったんだよ。ぼくが、どんなに姉さんの笑顔を見たかったか知っているかい。

知っているよね。

姉さんは、みんな知っていたんだろう。

ぼくが姉さんのことをどんなに好きだったか。毎晩、何をしていたか、姉さんの靴にぼくが何をしたか。

ぼくが、何を望んでいるのかもわかっているよね。

ぼくのパジャマのズボンの前が、大きくふくらんでいるのも見えているよね。
こうやってふくらませてもいいだけの権利を、ぼくは持っているよね。
ぼくは、せいいっぱいの笑みを、震える唇に浮かべた。
さあ、姉さんも、ぼくに向かってその唇で笑っておくれよ。
姉の唇が、ぴくりと動いた。
それに吸いよせられるように、ぼくは一歩を踏み出していた。
その途端であった。
微笑するはずであったその唇から、高い悲鳴が滑り出ていた。
その悲鳴が、刃物のように、ぼくの脳天を裂いた。
「やめて——」
ぼくは言った。
しかし悲鳴はやまなかった。
その悲鳴を、ぼくは止めようとした。
ぼくは、自分の両手の指を、おもいきり姉の、白い、細い喉《のど》にからませていた。
ぷっつりと悲鳴がやんだ。
ぼくは根限りの力を込めて、姉の上にのしかかっていた。

姉の顔に、美しい苦悶《くもん》の表情が現われた。

――姉さん。

こんな時にも美しい姉が、ぼくには信じられなかった。ぼくはさらに力を込めた。きりきりと姉が歯を噛《か》み、ぼくの腕の素肌《すはだ》に爪《つめ》をたててきた。皮膚がけずれ、肉がえぐれて、いく筋もの血が腕から筋を引いた。

このくらいの痛みには、ぼくは耐えなければいけない。

いいんだよ、姉さん。

もっと痛くしていいんだよ。

姉さんにはそれだけの権利があるんだからね。

愛《いと》おしさをこりかためて、ぼくは姉の首をしめた。

5

そうして、ぼくは、姉に微笑をプレゼントしてあげたのだった。

姉は、ベッドの上に仰向《あおむ》けに横たわり、微笑を浮かべてぼくを見あげていた。

綺麗《きれい》だよ、姉さん。

ぼくは、手に庖丁《ほうちょう》を持って、上から姉を見降ろしている。

姉の微笑は、できたてで、まだ新鮮だった。

姉は、三日月形に唇を開いて笑っていた。

両方の唇の端から、両耳の下まで微笑の三日月の端が伸びていた。

ぼくが、手に持った庖丁で、姉にプレゼントしてあげたばかりの、ぼくに向けられた、ぼくのためだけの微笑だった。

優しい針

1

母親の影に隠れるように、光男《みつお》はひっそりとうつむいて立っていた。

わたしは、光男の顔が見たかったのだが、しゃがんで覗《のぞ》き込むわけにはいかなかった。

光男の母親、わたしの叔母《おば》の長谷川綾子《はせがわあやこ》に、まだ挨拶《あいさつ》をしている最中だったからである。

数分前に出会ってから、まだ、光男は一度も顔を上げなかった。

かたくなに下を向いている姿勢は、まるでわたしを焦《じ》らしてでもいるようだった。

「――あなたが来てくれて、ほんとに助かったわ」

そう言う叔母に答えている自分の声は、どこか他人のようだった。

中天に昇る前の陽差《ひざ》しが、明るく庭に注いでいた。

柔らかな淡い緑が、庭中に芽吹いている。花壇と庭との区別はついておらず、イヌノフグリの小さな青い花の群落の中に、タンポポの黄色い色が、水彩の絵の具を置いていったように鮮やかだった。その周囲に、ハコベやホトケノザがひと塊ずつ群落をつくり、その間から、わたしの背よりも高くバラが伸びている。八年前にもそこに生えていた、わたしのお気に入りのバラだった。

開くにつれて、クリーム色の花びらの縁が、ほんのりと薄紅色に染まってゆくその花の名を、当時は知らなかったが、今はわたしは知っている。

ピース――そう呼ばれているこの美しいバラにも、むろん棘《とげ》はあるのだ。

清楚《せいそ》な少女が成熟してゆくのを見るように、始めはただ雪のように淡い黄色だったものが、その周辺から、ゆっくり毛細血管が浮き出てゆくように赤く色を変えてゆくのを見るのが、わたしは好きだった。

日々、開いてゆく花びらを見ながら、わたしはひどく淫《みだ》らなものでも見るように、瞳《ひとみ》をうるませていたような気もする。

花びらがゆっくりと赤い色を広げてゆくその様を、少女が、人知れず淫らなことを覚えてゆくその象徴《しるし》のように見ていたのだ。

もっとも、八年前、まだ十三歳だったわたしが、どこまで男と女のことについて知っていたのか、今ははっきりしない。

八年前も、この家にやって来たのは、ちょうど今頃《いまごろ》であった。

もっと後になってわかったことだが、当時、わたしの両親は、離婚寸前の状態にあって、離婚のためのごたごたに整理がつくまでの間、わたしがこの叔母の家にあずけられたのである。父と母とに、それぞれ女と男ができたためであったのだが、結局、ふたりは元の鞘《さや》におさまった。

子供——つまりわたしが中学を卒業するまではということになって、そのまま別れないでいるうちに、今日まで来てしまったのである。

そのごたごたの間、およそ二カ月余りも、わたしはこの家で暮らしたのだ。

長谷川隆志《たかし》——叔母の夫は、わたしがこの家にやっかいになる一年前の夏に、交通事故で死んでいた。

八年ぶりにわたしがこの家にやってきたのは、教師をしている叔母が、三日ほど都合でこの家を空けることになっていたからである。

叔母が出かけるのは明日であった。

最初の一日は三人で過ごし、それから叔母が帰って来るまでの二泊三日を、わたしはこの家で光男と一緒に過ごすのだ。

わたしが、この家の留守番役を引き受けたのも、大学が春休みということもあったが、光男とふたりきりで過ごす三日間に魅力を感じたからであった。

早めに家を出、都内から電車に一時間ほど乗ってわたしはここまで来たのだが、バラのからんだ門をくぐる前に、庭に出ていたふたりと出会ったのだった。

叔母と話をしている最中も、わたしの心は光男に向けられていた。

光男は、まだ覚えているだろうか。

あの八年前の遊びのことを——。

あの頃の光男ほど美しい子供を、それまでにわたしは見たことがなかった。あれから八年経《た》った今までにも、見たことはない。

当時、光男は、三歳か四歳だったと思う。

肌《はだ》の色は、蠟《ろう》のように白かった。半透明な皮膚のすぐ下に、細い血管が透《す》けて見えた。

針の先で突くと、どんなに優しく突いても、すぐにその皮膚は破れた。

小さな赤い点から、ゆっくりと赤い玉に育ってゆくその赤い血を、どんなに愛《いと》おしくわたしは見たことだろう。

誰《だれ》も知らない、わたしと光男だけの遊び。

黒い大きな光男の眼《め》には、少女のような色気があり、蜘蛛《くも》の糸のように細い、柔らかな髪は、いつまで触れていても飽きなかった。

赤い唇《くちびる》は血の色だ。

その唇から洩《も》れた、あの甘い悲鳴と泣き声は、まだ覚えている。

今年は、十一歳か十二歳になっているはずだった。

どんな顔になっているのだろうか。

「早苗《さなえ》さんに御挨拶《ごあいさつ》をなさい。光男が小さい頃、一緒に遊んでくれたお姉さんよ――」

叔母が言った。

覚えているわけはない。

わたし自身が、自分が三歳か四歳頃、どうやって暮らしていたのかほとんど記憶していないのだから――。

しかし、光男が、わたしやあのことを覚えていたとして、光男は怖《こわ》がってはいないだろうか。

そういう不安が、わたしの頭をかすめた時、うつむいたまま、光男が、おずおずと右手を持ち上げた。

わたしと握手を――いや、握手というよりわたしの手を握ろうとする、そういう手の持ち上げ方だった。

「こんにちは」
小さい声で、光男が言った。
「元気だった?」
わたしは右手を出して、光男の右手を握った。
小さな力が、ぎゅっ、とわたしの手を握ってきた。
わたしの右手に、鋭い痛みが跳ねあがった。
声をあげそうになり、わたしはやっとその声を飲み込んでいた。
その痛みが、手から腕を走り、背骨からわたしの脳天に疾《はし》り抜けた。
背骨を疾り出した時には、その痛みは、もう快感に変わっていた。
どきりと心臓が鳴った。
思わずそこにへたり込みそうになった。
一瞬眼を閉じ、そして開いた。
開いた時には、光男が、下からわたしを見上げていた。
あの黒い眼と、赤い唇が、わたしを見上げて笑っていた。
光男は覚えていたのだ。

2

わたしが、光男の眼の中にその光を見たのは、八年前、この家に来てからひと月ほど経った日のことだった。

光男と一緒に、庭で、花びらの開きかけたバラの枝を花バサミで切っていたわたしの指に、バラの棘が刺さったことがあった。

バラの枝を左手の指でつまみ、右手の花バサミで切っていたのだが、そのバラの枝はかなり丈夫で、知らぬ間に両手に力が入っていたのである。

切り落とした瞬間、力が余って、左手の親指に、バラの棘が刺さっていたのだ。

鋭い痛みがあった。

だが、その痛みの中には、間違えようのない、ぞくりとする甘やかなものが隠れていた。

まるで、痛みの影に隠れて魔性《ましょう》のものがそこに潜んでいたようであった。

白い親指の腹にふくらんでくる赤い血を見つめているうちに、次第に痛みは去り、そこに、甘みの余韻だけが残っていたのである。

その余韻を舌ですくいあげるように、わたしは自分の親指を口に含んだ。わたしの舌は、血ではない、痺《しび》れにも似た甘みを確かに感じとっていた。

横に立っているはずの光男のことさえ、わたしは忘れていた。

何度も指を吸ってから、わたしはふとその視線に気づいたのだった。

光男が、爪先立《つまさきだ》つようにして、凝《じ》っとわたしを見ていた。光男は、不思議なものでも見るようにわたしを見、その眼に妖《あや》しい光を溜《た》めていた。

息苦しいほどに、わたしはときめいた。

幼ない光男の眼の中に、わたしと同じ秘密の色を見たような気がした。

光男は、おずおずと、わたしに左手を差し出した。

光男は、ほとんど無意識のうちにそういう動作をしたのに違いない。しかし、わたしにはわかっていた。光男が何を求めているのか、わたしはよくわかっていた。

光男の眼は、熱っぽくうるんでいて、頬《ほお》を怒ったように赤くしていた。

わたしは、光男の左手をわたしの左手の中に包んだ。わたしの親指は、唾液《だえき》で濡《ぬ》れて光っていた。

その濡れた表面に赤く血が滲《にじ》んでいた。

その血と唾液とにまみれた親指を、わたしは、光男の親指の同じ場所にあて、塗りつけるように小さく動かした。

わたしの親指の腹と、光男の親指の腹との間に、ぬるぬるした感触の官能的な生き物が生まれたようだった。

親指を離し、光男の手を握ったまま、わたしはその手を引きよせた。光男を立たせたまま、ゆっくりとしゃがむ。

花バサミを地面に落とし、わたしは、今切り落としたばかりのバラの小枝を地面から拾いあげた。

同じ高さになった光男の眼を覗き込む。

光男を見つめたまま、左手で、手の中の光男の親指の腹を、上に向ける。

光男にも、これからわたしが何をしようとしているのかわかっているに違いなかった。

光男はこばもうとはしなかった。

右手に握ったバラの小枝を、光男の手に近づけてゆく。

光男は、放心したように、口を半開きにし赤い唇の間から白い歯を覗かせていた。

特別に鋭くて、尖《とが》った棘を、わたしは光男のために選んでやった。陽光を透かして、血のような赤が透けて見える棘。

光男の抱いている不安、怖《おそ》れ、期待にけりをつけてあげるように、そのバラの棘の先端を、わたしは、ひといきに光男の親指の腹の中に潜り込ませた。

その時にあげた光男の悲鳴を、わたしはまだ覚えている。

鋭い、甘い声。

光男は、泣き出していた。

わたしが光男の身体《からだ》を抱いてやると、その小さな身体は、鳥のように震えていた。

こんなに愛おしい生き物が他《ほか》にいるものかと、その時わたしは思った。

その日から、わたしと光男との、楽しい秘密の遊びが始まったのだった。

家に、人がいなくなると、光男は、あの熱っぽいうるんだ眼をして、わたしのそばに寄ってくるようになった。

光男は、口には出さない。わたしも、口には出さない。

けれども、お互いに、相手が何を求めているのかよく理解していたのだった。幼いながら、光男も、この遊びは、他の誰《だれ》にも言ってはいけない、ふたりだけの秘密だということを、よくわかっていたらしい。

二度目は、最初の日から三日後のことであった。

しかし、わたしは、初め、光男が怒っているのかと思っていたのだ。あのことがあった翌日は、ことさら自分の身体をわたしから遠ざけていたし、わたしと眼を合わせようとはしなかったからだ。

ひそかにわたしは、気落ちしていたのだが、二日後から、急に光男がわたしのそばにすり寄ってくるようになったのだ。

何気なく、わたしの周囲にまとわりついてくる光男に気がついた時、わたしはもうどきどきと胸を高鳴らせた。

光男は、また、あれをしてもらいたがっているのだ。

その時、初めて、わたしは女が濡れるのだということを知った。

二度目も外であった。

三日後の夕方——まだ母親が帰って来ないのを確認してから、わたしは花バサミを取り出し、光男に見えるように外に出た。

やはり、光男は、わたしの後について庭に出てきた。

わたしは、三日前と、そっくり同じ手順を踏んだ。

女が男を誘惑する時の興奮というのは、まさしくあのようなことをいうのだろう。

おそらく、わたしは光男よりも赤い顔をし、眼をうるませていたに違いない。

まず、わたしが自分の指にバラの棘を刺し、指を舌でねぶりながら光男を見る。

光男が、わたしに向かって、左手を持ちあげる——。

そして——。

わたしと光男の蜜月《みつげつ》が始まったのだ。

わたしは、光男のために、一本の木綿針を用意した。

小さな砥石《といし》を買い込み、それで針の先をさらに鋭く尖《とが》らせた。

この尖らせた、きらきらする金属の先が、光男の白い肌の中に潜り込んでゆくのかと思うと、まだふくらみきらない乳房の奥が、ぽっと火が点《とも》ったように熱くなった。

針を刺すのは、わたしの役目だった。

光男の指、白い腕、うなじ、唇、頬、せつないくらいのお尻《しり》。愛《いと》しい所の全《すべ》てに、わたしは順に針を刺していった。

光男がわたしに針を刺してくれたことは、数えるほどしかない。いつも、刺すのはわたしだった。

わたしは、光男をベッドの上に全裸にして、その薄い胸に針を刺すのが好きだった。あばらを指でさぐり、そのあばらとあばらの間に、ゆっくりと針を刺し込む。光男は、喉《のど》の奥で可愛《かわい》く呻《うめ》き、白い身体をうねらせた。その様は、生まれたばかりの白い水蛇《みずへび》のようだった。

針を抜き取った肌の上に、ぽつんと浮いてくる赤い血の玉を、わたしは、血が止まるまでいつまでも舐《な》め続けた。

花を開かせる前の朝顔の花のつぼみのようなペニスを、光男は堅く尖らせた。愛しさの余り、わたしはそれを口に含んでやったこともあった。

最後に、わたしが光男に針を刺してやった晩のことは、まだ鮮明だった。

わたしが、この家を出る前の晩のことであった。

わたしの両親と、光男の母とが別室で話をしている最中に、わたしは、そっと光男を自分の部屋に呼んだ。

光男も、周囲の雰囲気《ふんいき》から、間もなくわたしがこの家からいなくなるのだということに気がついていたらしい。

わたしは光男を裸にして、これまで刺してあげた場所を、たんねんに針で刺していった。

まず、指の全部を。

そして、頰や唇や胸や乳首やお尻。ペニスにまで針を刺した。

それでも、わたしはまだ足らなかった。

いくら針を刺しても、その晩のわたしの飢えは満たされなかった。

もう最後なのだ。

その最後の晩を、永久に忘れない晩にするための針……。

それがどこかを、ようやく思いついた時、わたしは、自分が悪魔と天使の半分ずつの人間になったような気がした。

わたしは、仰向《あおむ》けになった光男を、無言でうつ伏せにし、四つん這《ば》いにさせた。

わたしが何をしたがっているのか、すぐに光男も理解した。

光男は、自分から白いお尻を高く持ちあげ、ベッドの上に頰をついた。

まだ肉のついていないお尻に、わたしは恍惚《こうこつ》として、指を這《は》わせた。

右手には、針を握っている。

左手の指で、わたしは、光男のお尻の頰肉を、左右に、いっぱいに開いた。

ああ、と光男が声をあげた。

「早苗お姉さん――」

小さく言った。

光男のペニスが小さいなりに、皮に包まれたまま堅く尖っていた。

わたしの眼は、光男のお尻の真ん中にある、もうひとつのバラのつぼみを見つめていた。

「わかってるわ」

ピンクの、小さな肉のすぼまり。こんなに可愛《かわい》く美しいものが他にあるだろうか。

指で軽く触れると、生き物のようにそこがすぼまり、また開く。

わたしは、もうたまらなくなっていた。

ピンクのすぼまりに針の先をあてた。

その鋭い切っ先の冷たさに、ぴくんと光男が身体を震わせた。

わたしは、光男の肛門《こうもん》に、つうっと針を突き刺した……。

3

八年ぶりに、長谷川の家のベッドに入ったその晩、わたしは興奮してなかなか寝つかれなかった。

光男がわたしのことを、いや、あのことをまだ覚えていてくれた——そのことが、わたしの心臓を落ちつかせないのだ。

昼間の、右手の痛みがまだ残っていた。

わたしの手を握った時、光男が、その手の中に忍ばせていた針でわたしの手を突いたのだ。

短いけれども、明日から始まる三日間のことを思うと、血が熱くなった。

「光男はへんな遊びばかりして、困ってしまうわ」

叔母は、わたしを家の中にあげてからそう言った。

三人でテーブルを囲んで、紅茶を飲んでいる最中でのことであった。

その叔母の言葉も、わたしを寝つかせない原因のひとつだった。

「へんな遊び?」

わたしは、どきりと胸を鳴らして訊《き》いた。

「針でね――」

言いにくそうに、叔母がつぶやいて光男を見た。

光男は、下を向いたまま黙っている。

「針で?」

わたしは、心のうちが自分の顔色に出ているのではないかと思いながら訊いた。

「針で、虫とか、カエルとかを突いて遊ぶのよ」

「――」

「この前なんかはね、ハツカネズミをもらって飼ってたんだけど、そのハツカネズミまで針で突いて――」

「ハツカネズミをですか――」

「ええ。麻酔だかなんだかわからないんだけど、へんな薬を手に入れてきたらしくてね、そんなので、ネズミや鳥を動かなくして針を刺して……」

「なんという薬です?」

「それがわからないのよ。どこかに隠してるらしくてね。最近、お医者さんの息子さんのお友だちができたらしくて、その子から手に入れたのかと思うんだけど、何も言わないから、この子――」

顔を赤くしたままうつむいている光男を、わたしは抱き締めてやりたかった。

4

八年ぶりに会った光男のことを、どうやら考え違いをしていたらしいとわたしが思うようになったのは、翌日からであった。

朝、母親が出かけ、簡単な掃除をすませると、もう、光男の姿が家から消えていたのである。

裏切られたような気がした。

わたしは、味気ない昼食をひとりで食べ、その日一日をぼんやりと過ごした。

光男が帰ってきたのは、わたしが夜の食事の仕度《したく》をしている時だった。

「どこへ行っていたの?」

わたしは、食事の時、光男に訊《き》いた。

光男の返事は素っ気なかった。

「友達のとこ――」

食事がすみ、風呂《ふろ》に入ると、もう寝るからと言って、光男は自分の部屋に入って鍵《かぎ》をかけた。

今夜こそと思っていたわたしの気持が、はぐらかされたような気がした。

光男はわたしを焦《じ》らしているのではないか、そんなことも思った。

それならそれで、わたしの方にも考えがある。

わたしが光男をそれとなく挑発《ちょうはつ》してみせたのは、翌日の朝食の時であった。

わたしは、ひそかに用意しておいた一本の木綿針を、朝食のテーブルの上に転がしておいた。砥石《といし》で、細い切っ先をさらに細く尖《とが》らせたやつであった。

テーブルについた途端《とたん》に、光男がそれを発見したのに、わたしは気がついた。

明らかな心の揺らぎが、光男の黒い瞳《ひとみ》の中に、一瞬鮮やかに浮きあがったのをわたしは見逃がさなかった。

その後の光男の立ちなおり方は、十歳をひとつかふたつ過ぎたばかりの子供としては、みごとなものといえた。

まるで、そこに針などないかのように、トーストを二枚きちんと食べ、わたしの料理したスクランブルエッグをたいらげながら、

「料理がじょうずになったね、お姉さん――」

などという言葉すら、大人びた口調で吐いた。

わたしが、次の手に出たのは、光男が紅茶のカップを口に運んでいる時だった。

光男は、優雅とさえいえる手つきでカップを持ち、小さな小指を尖らせて、それを口に運ぶ。その動作が、美しい光男には、不思議とよく似合っていた。

「光男さん――」

わたしは、声をかけた。

カップに赤い唇をあてたまま、光男がわたしを見た。

わたしは、テーブルの上にあった針を右手の人差し指と親指の先につまんで、光男によく見えるように眼《め》の高さに持ちあげていた。

光男の眼が、その針の先に止まった。

わたしは、左手を広げ、その親指の腹に、針の先を、一ミリずつ、ゆっくりとゆっくりと潜らせていった。

光男のかたちのいい鼻が開き、呼吸が荒くなっているのがわかった。

眉《まゆ》をしかめてから、わたしは、同じ動作でゆっくりと針を抜いていった。

眼は光男を見つめたままだ。

針の抜けた親指の腹に、血がふくらんでくる。

光男を見つめたまま、わたしは、おもいきり時間をかけて、その親指を自分の唇に運んだ。

唇にとどく寸前で、私は、ちろりと赤い舌を出し、尖らせたその舌先で、血を舐めとった。

舐めとられたあとに、また血がもりあがり、そのもりあがりがいくらも高くならないうちに、濡《ぬ》れた指紋の溝《みぞ》に沿って血が滲《にじ》んでゆく。

親指をぬめりと唇に含む。

指をまわしながら、時おりは舌先が見えるように、わたしはその血を舐めた。

わたしの唇のあたりを見つめていた光男が、上気した顔で立ちあがった。

「友達のとこに行ってくる――」

そうつぶやいた。

短い間、わたしの眼を見つめ、背を向けた。

光男が帰ってきたのは、やはり夕方だった。

昨日と同じように、食事をすませ、光男は寝ると言って自分の部屋に入った。

その夜、わたしは、狂おしい気持で、ベッドの上に横になっていた。

今朝のことは、充分に光男を刺激したはずであった。

その効果を、わたしははっきりこの目に確かめていた。

だのに、どうして光男は何事もなかったような顔で眠ってしまうのか——。

光男のいない間に、わたしは光男の部屋に入って、あるものを発見していた。それは、机の引き出しの中にしまわれた異様なものであった。

針で身体を貫かれたまま死んでいるカエルや、虫たちであった。多くは、古いものらしく死んでひからびていた。

光男の中にはまだあの血が流れているのだ。

——それなのに。

今夜が、この家で過ごす最後の夜である。

そのことを光男も知っているはずだった。

八年前の、光男のお尻。

白い肌やピンクの肛門を、わたしは思い浮かべた。

もう一度、あのお尻や、ペニスに針を刺してみたかった。

わたしがようやく眠りについたのは、夜半を過ぎてからだったと思う。

眠っていたわたしは、自分の左腕に、甘い痛みが疾《はし》るのを覚えた。

鋭いけれども、明らかな官能を含んだ痛みだ。

その痛みの場所から、ゆっくりと、全身にとろけるような甘みが広がってくる。

全身を包む快い痺《しび》れ。

その快感に身をゆだねているうちに、ふいに、わたしは自分がすでに眼覚めているのだということに気がついた。

眼覚めているのに、身体が動かない。

わたしは眼を開けようとした。

しかし、まぶたすら開くことができないのだ。

わたしは、自分の胸の上の、パジャマのボタンがはずされてゆくのを感じていた。

小さな手が、わたしの身体の上を這《は》いながら、ボタンをはずし、一枚ずつわたしが身につけているものを脱がしてゆくのである。

〝光男ちゃん!?〟

そう言おうとしたわたしの唇は動かなかった。

パジャマを脱がされ、下着まで脱がされていた。

わたしは、全裸でベッドの上に仰向けになっていた。
わたしの乳房を、ふいに、小さな手がつかんだ。痛いほどに握っていた。
その手がわたしのお腹《なか》を這い、脚の間へと下ってゆく。
乳首が、温かいものに包まれた。
あの光男が、わたしの乳首を唇に含んでいるのだ。
わたしは、光男を両腕で抱き締めてやりたかった。
しかし、身体はぴくりとも動かない。
わたしの脚の合わせ目に、小さな指がくぐってきた。
その指が、動く。
ぎこちないその動きが、しかし、わたしの肉の中から悦《よろこ》びを掘り起こしてゆく。
ふいに、その指が離れ、わたしの素肌の上に、温かいものがかぶさってきた。
人の素肌だった。
光男も全裸になっているのだ。
しかし、何故《なぜ》、わたしの身体が動かないのか——。
わたしの上で、光男が、身体を押しもんでいる。
光男が小さく呻《うめ》き、わたしのお腹の上に、温かいものが点々と注がれた。

しばらく聴こえていたのは荒い光男の呼吸だけであった。

やがて、光男の身体が離れた。

たよりない淋《さび》しさがわたしの身体を包んだ。

その淋しさを埋めるように、左の乳首の先に鋭い痛みが跳ねた。

光男が、針をわたしに刺したのだ。

「どう、お姉さん――」

光男の声がした。

わたしは、答えようとしたのだが、声が出せなかった。

「いいんだよ、答えなくても。さっき注射をしたからね、声も出せないし、身体も動かせないのは知っているよ。でも、ぼくの声はちゃんと聴こえるだろ?」

こんどは、右の乳首に、痛みが疾《はし》った。

「――ほら、痛みだってちゃんとあるだろ。これはね、MD―27という薬で、アメリカ兵がベトナムで拷問《ごうもん》なんかに使ったものなんだよ」

痛みがゆっくりとあちこちに移動してゆく。

わたしのお尻や、あそこにまで、針が刺さる。

どんなに恥ずかしい格好をさせられても、わたしは、声を出すことはできなかった。

いいのよ――

と、わたしは心のうちで叫んでいた。

どんな格好をさせても、どこに針を刺してもいいのよ。

わたしに針を刺して。

いっぱい刺して。

「ほんとはね、ぼくも、お姉さんに針を刺したかったんだ。いっぱい刺してあげたかったんだ――」

わかってるわ。

「今日、ぼくの部屋の引き出しを見たね――」

ぞくりとする声で光男が囁《ささや》いた。

ゆっくりとわたしは仰向けにされた。

「いけない眼だね、その眼は――」

わたしの左のまぶたの上に、温かいものが触れた。

光男の指だった。

ゆっくりとまぶたが押し広げられた。

見えた。

わたしの顔の真上で、光男の美しい顔が笑っていた。
赤い唇が、優しく微笑《ほほえ》んでいた。
光男が、右手に握っているものが見えた。
それは、開けられたわたしの左眼の真上にあった。
鋭い金属光を放つ針だった。
その切っ先が、見開いたわたしの瞳《ひとみ》に向かって、優しくおりてくる。
ああ。
わたしは恍惚《こうこつ》として、それを待った。

蛇じゃ

淫いん

1

あまやかな声が聴こえている。

闇《やみ》の奥から、途切れ途切れに、低く、高く、時折、うねるようにその声が伸びる。低い時には、甘えた猫《ねこ》の声のようにも聴こえ、高い時には、一瞬、金属光を放つ針のように鋭くなる。

何かの言葉を、闇の中で囁《ささや》いているようにも聴こえるが、その意味まではわからない。感触だけが届いてくる。

淫《みだ》らな猫の舌が、産毛《うぶげ》に触れるか触れぬかという幽《かす》かさで、ぼくの皮膚を舐《な》めているようだった。

女の声——。

くすぐったがっているようだけれど、そうではない。

小さく呻《うめ》き、低く吐く。

高熱にうかされた人間が、闇の中で何かの苦痛に耐えているような声でもあった。

何かを耐えに耐え、その耐えたあげくに、思わず、それが唇《くちびる》から洩《も》れ出てしまうのだ。

ぼくは、人が——いや、女が、どのような時に、そのような声をあげるのかを知っている。

男の指や、唇や、舌が、その皮膚や皮膚ではない部分を這《は》い、指や、唇や、舌でないものが、その皮膚でない部分に潜り込み、動く時に、女はそのような声をあげる——。

闇の下方、ベッドに仰向《あおむ》けになったぼくの背中の下から、その声がとどいてくるのである。

その声が、背を撫《な》であげるたびに、ぼくの背骨に、ぬるりとした妖《あや》しい戦慄《せんりつ》が疾走《はし》り抜ける。

ぼくの脚の間に、熱く瘤《こぶ》のように堅い一匹の蛇《へび》が育っていた。その蛇が、パジャマの布地を、痛いほど押し上げている。

こめかみで、心臓が鳴っている。

閉じた瞼《まぶた》の下で、きっと、ぼくの眼《め》は赤く充血し、膿《う》んだように腫《は》れあがっているに違いない。

微《かす》かなベッドの軋《きし》み音。

しかし、その音は、はっきりぼくの耳にとどいているのではないかもしれない。ぼくの想像が、闇の中にそのような音が聴こえていると錯覚させているのかもしれない。

眼を閉じて仰向いているぼくの肉体の中で、ぼくの意識だけがうつ伏せになり、ぼくの背中から、ベッドの下方、床のさらに向こう側を覗《のぞ》き込もうと、闇を見すえているのだ。

興奮しているくせに、意識のどこかで、へんに醒《さ》めているぼくがいる。

肉体に溜《た》まった愉悦を、細く切れ切れに吐き出す声――。

ぼくの母の声であった。

ぼくの父ではない人の手によって声をあげさせられているのだ。

ぼくの頭の中に、大きく折り曲げられた、白い母の身体《からだ》が浮かんでいる。

どのような格好をさせられようと、母の身体からその美しさが損なわれることがあろうとは思えなかった。

ぼくの鼻孔は大きく開き、空気を求めて喘《あえ》いでいた。鼻孔から吸い込む闇には、人の官能を煽《あお》る、不思議な媚薬《びやく》が溶け込んでいるようであった。ぼくの肺は、隙間《すきま》なく闇で満たされ、ぼくの喉《のど》は小さく音をたてていた。

地の底の密儀を、ひそかに盗み聴きする子供のように、ぼくの心臓は、息苦しく、ぎちぎちと音をたてた。

2

ぼくの母は、色の白い、美しい女性であった。

小学校にあがった時から、ぼくは、母の美しさに気がついていた。

授業参観の時などは、複雑な気分になったものだ。

同級生の母親などは、田舎芝居から抜け出してきた、外見だけを着飾った役者女のようにしか見えなかった。友人たちから、おまえの母親が一番綺麗《きれい》だったと言われるのは嬉《うれ》しかったが、ぼくの母親の姿が、皆の視線にさらされることを思うと、その苦痛の方が、嬉しさよりも強かった。

子供の頃《ころ》から、ぼくは、自分の母を、母親として見るよりも女として見てきたように思う。実際、手をつなぐ時でさえ、ぼくは、母の白い指の先だけをおずおずと握った。

顔を赤らめてしまう時もあったし、そんな時、自分の顔を母親から覗《のぞ》き込まれると、もうどうしていいかわからなかった。

髪を上にあげた時に見えるうなじの線は、白く、ほっそりと艶《なまめ》かしく、ぼくをたまらなくさせた。陽《ひ》の光を、一度も当てたことのないような肌《はだ》の色であった。切れ長の眼も、ぞくりとするような黒い光を含んでいたし、唇の色も、血の色が透けて見えているのかと思えるほど赤かった。母がしゃべる時に、その赤い唇が動くのを見ているのは、たとえ一日中でもぼくは飽きなかった。その唇に喰《た》べられてしまいたいと、ぼくは本気で考えたことがある。白い歯で、ぼくの身体をぷちぷちと噛《か》んで欲しいと、本当に思ったこともある。

ぼくが母から受けついだのは、肌の白さと、そして赤い唇だった。肌の白さは異様なほどである。雪の白、というよりは、半透明な蠟《ろう》の白さである。

逆に、父からぼくの肉体に受けつがれたものは、何ひとつないと、そう言ってもいいだろう。むしろ、ぼくの貌立《かおだ》ちは、父の弟の、白川宇太郎《しらかわうたろう》叔父にそっくりだと言ってもよい。高い鼻筋や、頰骨《ほおぼね》から顎《あご》にかけての線は、驚くほどよく似ている。やや茶のかかった瞳《ひとみ》の色も、叔父の眼の特徴であった。

ぼくは、自分が父の子ではなく、実は宇太郎叔父の息子ではないかと真剣に考えたことがあるし、現在でも、その考えを捨ててはいない。

父は、養子であった。

だから、ぼくの姓は白川ではなく、母方の鳥隅《とりずみ》である。

――鳥隅涼一《りょういち》。

これがぼくの名前である。

高校を卒業だけはしたが、浪人中の身で、十九歳である。

母の名前は、鳥隅朱緒――〝朱《あけ》〟の〝緒《お》〟と書いて、朱緒《あかお》と読ませるのだ。ぼくは、この母の名前が気に入っていた。

母は、今年で四十二歳になる。

しかし、外見だけで見るなら、まだ三十五〜六歳くらいにしか見えない。時折、笑う時の仕種《しぐさ》などは、ぼくと同年齢の女性のそれのようにさえ見える時がある。

父が一年半ほど前に、四十八歳という歳《とし》で死んでから、このどちらかといえば広い家に、ぼくと母とはふたりっきりで暮らしている。正直に言って、父が死んだ哀しみよりは、母とふたりでこの家で暮らせるようになった喜びの方が、大きいように思う。

白川宇太郎叔父は、父が死んだ一年半前の通夜《つや》の晩に、どこかから借りてきたらしい、窮屈そうな黒い喪服を着て、ふらりと姿を現わした。

ぼくがまだ小学校の頃に、ふいにどこかにいなくなってから、叔父の姿を見るのは、九年ぶりのことであった。叔父は、やや肉が付き、そして、顎《あご》と鼻の下に、薄く不精髭《ぶしょうひげ》をはやしていた。粘りつくような眼つきの中に、険《こわ》いものがあった。

叔父は、ぼくの姿を見つけ微笑したが、その時、ぼくは、叔父の眼の中に潜《ひそ》むねっとりとした精気の一部が、自分の頰に張りついたように思った。

叔父——白川宇太郎は、その時、不自然なほど襟《えり》の高いシャツを着ていたのをまだ覚えている。

当時、ぼくには知らされてはいなかったのだが、九年前、叔父の白川がいなくなったのは、ある女と駆け落ちしたためだった。相手の女が、ある刺青師《ほりものし》の娘で、こちらの家からも、向こうの家からも反対されたあげくの駆け落ちだったことを、ぼくは、もっと後になってから知らされた。

ぼくの父の通夜に姿を現わすまで、白川が、どこに住んで何をしていたのか、誰も知らなかった。自分の兄が死んだことを風の噂《うわさ》で知り、通夜に顔を出したと叔父の白川は言っていたが、ぼくはそうは思っていない。

白川に、父が死んだことを連絡したのは母で、母は、もうずっと以前から白川の居場所を知っていたのだとぼくは思っている。

白川が、ぼくと母とふたりで暮らしているこの家に顔を出すようになったのは、父が死んでから半年もしないうちであり、泊まってゆくようになったのは、二カ月ほど前からである。

その晩から、ぼくは、母のあの声に耳を澄ませるけものとなったのであった。

叔父は、いつも、シャツの一番上まで、きちんとボタンをとめていた。

白川が泊まってゆく晩は、ぼくは、期待と、そして嫉妬《しっと》とで、おそらく、熱っぽくうるんだような眼をして、一緒に食事をする母や叔父の姿を見ていたに違いない。そんなぼくの視線に気づいていたろうに、母は、いつもと変わりなかった。まるで、ぼくが、母と白川との息子で、そのことをすべてぼくが承知しているものと思い込んでいるような、自然な振舞いであった。

泊まってゆくようになった最初の晩から、白川は母の寝室で寝た。

世間的な常識から見れば、これは、おそらくはかなり異常なことであったろう。

叔父が泊まった晩の深夜——。

ぼくは、時おり、浅い眠りからふと眼覚めることがある。

闇の中で眼を開けたぼくの耳に、低い、呻き声が聴こえているのである。その声が、ぼくを眼覚めさせたのだ。眠る前に聴いていた母の甘い声ではない。

太い、男の声——。

叔父の白川の呻き声であった。

ゆっくりと、ビロードのリボンで首を締められてゆく時に、人は、そのような声をあげるのだろうか。動物が、闇の中でゆっくりと圧死する時に、そういう声を出すかもしれなかった。

悪夢にうなされているらしかった。

いったい、どのような過去が、ぼくより歳上の、大人の男に、あのような呻き声をたてさせるのか――。

白川と駆け落ちしたという女性は、今、どうしているのか。

ぼくの知らない白川の過去が、不気味な生き物の影のように、下から、ぞわり、ぞわりとぼくの背に忍び寄ってくるような気がした。

それは、朝まで続く時もあるし、母の何か言う声が響いて、ふいに止《や》むこともあった。

その時の母の声は、何かに怯《おび》えたような、憎しみのこもった、あの美しい母があげるとは思えない、ぼくの知らないものであった。

3

「今日は暇かい」

朝食の時に、叔父の白川が、ぼくに声をかけた。

飲みかけのコーヒーカップをテーブルの上に置き、ぼくは、曖昧《あいまい》に微笑した。

「暇だったら、お昼過ぎにつき合ってほしい所があるんだけどな」

テーブルの向こう側から、白川の眼がぼくを見ていた。今、思いつきで口にした言葉ではないことが、その眼を見た途端にわかった。

ぼくは眼をそらせ、こくんと小さくうなずいた。

「そうか」

白川がうなずいた。

かなり疲労しているらしい、顔の色だった。皮膚が土色をしていて、頬《ほお》がこけている。

そう言えば、明け方、これまでにない、かなり大きな白川の呻き声を聴いたことを、ぼくは思い出していた。

何かが、叔父の精神と肉体を蝕《むしば》んでいるらしい。

昼もかなり過ぎてから、ぼくは、叔父と一緒に家を出た。

ぼくらは無言で歩いた。十分ほど歩いて駅に出、電車に乗った。電車に乗っている三十分の間、ぼくらがかわした会話はわずかなものであった。

白川が、勉強をしているかとぼくに訊《き》き、していますとぼくが答えたそれだけである。

嘘《うそ》だった。

ぼくは、ほとんど勉強などというものを、この一年ほどしたことはない。しているふりをしていただけであった。昨年受験した大学は三校あったが、そのうちのふたつには、かなりの確かさで、入学できたろうとぼくは思う。

受験の際、答案用紙を、ぼくはほとんど白紙で提出したのである。わざとしたのであった。表むきは、父の死がショックで、勉強に身が入らなかったためということになっているが、そうではなかった。

大学に受かれば、ぼくは母とふたりで暮らしているあの家を出なければならないからであった。家から通える大学が近くにないのである。家を出た途端に、白川がぼくの代わりにあの家に入り込んで、ぼくから母を奪ってしまうのではないかとぼくは考えていたのだ。

電車から降りて、またぼくらは歩いた。

駅前の商店街を過ぎ、長屋風の古い建物が並ぶ路地に、ぼくらは入って行った。

両側に、植木鉢《うえきばち》やら子供の自転車が並べてある路地だった。

家の窓から、やけに太った主婦の顔や、老人の顔が覗《のぞ》き、このような路地に誰が入り込んできたのかといった顔つきで、ぼくらの方を見る。そういった視線に慣れているらしく、気にもとめずに、白川は先に立って歩いてゆく。

やがて、叔父は、一軒の、やや傾いた家の玄関の前で立ち止まった。

表札も何もない玄関で、玄関から足を一歩外に出せば、もうそこが路地といった造りである。

「津村《つむら》さん――」

白川が、閉まった玄関の戸口から声をかけた。

返事はなかった。

白川は、もう一度声をかけた。やはり返事はない。

白川は、戸に手をあてて横に引いた。

間に砂をはさんだような軋《きし》み音をあげて、戸が開いた。かまわずに、玄関の中に、足を踏み入れた。

下に、荒いコンクリートをうっただけの、せまい玄関だった。上《あが》り框《がまち》のすぐ先に、障子戸が開け放たれており、薄暗い家の内部が見てとれた。

障子戸の向こう側は、三畳間になっていて、正面と右側が黄ばんだ壁になっている。壁には、雨もりの水か何かの原因によるのか、褐色《かっしょく》の染みが浮き出ていた。左側に、襖《ふすま》が閉まっている。

外から、白川の肩越しに、それだけのものが見てとれた。

白川が玄関の戸を開け放った時から、何か異様な臭気が、ぼくの鼻をついていた。

白川がもう一度声をかけると、初めて、家の内部に人の気配があった。

畳を踏む音が、家の奥から近づいてくると、ふいに、襖が開いた。

そこに、小さな老人が立っていた。

干からびた黄色い肌と、黄色い眼をした老人だった。肌がかさかさに乾いていて、よじったような皺《しわ》がそこに浮き出ている。

それまで家の中に安置されていた木乃伊《ミイラ》が、立ちあがって来客をむかえに出てきたようであった。

背は、ぼくよりも十センチは低い。やや曲がった背をきちんと伸ばしても、百六十センチもなさそうだった。

黒いTシャツを、直接肌に着け、ステテコをはいていた。その上に、茶色の、綿入れをひっかけている。肩から下がっただけの、古い綿入れの前が大きく空いていて、Tシャツとステテコに包まれた、細い身体の線が見てとれる。

両耳の上に、糸屑《いとくず》に似た白髪《しらが》がからんでいるだけで、額から頭頂にかけては、一本の髪の毛もない。つるりと禿《は》げあがっているのではなく、だらしなく毛が抜け落ちただけのようで、頭部の地肌は乾いた紙のようであった。

老人は、黄色く濁った眼で、白川と、ぼくを見つめていた。唇の両端の線の先が、下を向いている。

老人は無言だった。

誰か、とも、何の用か、とも問わない。

ただ立って、白川と、その後ろにいるぼくを見つめている。

「津村玄造《げんぞう》さんですね——」

白川は言った。

老人はうなずきもしない。

「白川宇太郎です」

白川がそう言った時、初めて、老人の濁った眼が動き、その黄色い眼に炯《けい》とした光が宿った。

しかし、まだその唇は動かない。

「お仕事の方は、どうなんですか——」

「もう、仕事はしとらん」

ようやく老人が言った。

半開きであった襖を全部開き、

「あがんなさい——」

背を向けた。

4

通されたのは、薄暗い八畳間だった。

床の間があるにはあるが、そこには、飲みかけの一升瓶《びん》やら、空になったビールの瓶が転がり、古新聞が積みあげてあった。

煙と、酒と、食物と、そして老人の体臭とが、畳の裏側にまで染み込んでいそうな部屋であった。

床の間を頭にするかたちに、蒲団《ふとん》が敷いてあった。

万年床らしく、薄くなった蒲団を中心に、紙屑や、灰皿《はいざら》が散乱していた。驚いたことに、畳の上に、フィルターだけになった煙草《たばこ》が転がっていて、そのフィルターの先二センチくらいまでの畳の上に、棒状に焦《こ》げ目がついていた。そこに吸いかけの火の点《つ》いた煙草を放置して、そのまま煙草が燃えつきたものらしかった。

こういう部屋に客を通していながら、老人は平然としていた。

床の間にむかって右側に窓があるが、その窓は閉めきったままで、部屋の空気は、重くよどんでいた。

黴《かび》臭い饐《す》えた臭《にお》い。

老人は、右足で、部屋の端に蒲団を撥《は》ねあげた。

部屋の空気が動いて、さっき嗅《か》いだ、濃い異様な臭気が、ほとんど固形物のようにぼくの鼻をついた。

どんなにせっぱつまったにしろ、この家の便所に入ってみる勇気は、ぼくにはありそうになかった。

蒲団が移動して、そこに、人が座れるだけの空間ができあがった。

「座んなさい」

老人が言った。

白川は座らなかった。

床の間を見つめていた。

白川が何を見つめているのか、すぐに、ぼくにはわかった。

床の間のゴミの山の中に、ひとつの位牌《いはい》が立っており、その前に、小さな線香立てが置いてあった。

何本かの線香が、短くなった姿で、灰の中から頭を見せて立っている。

〝竜信女《りゅうしんにょ》〟

と、短く三文字だけが記されている。

よく見ると、その位牌の台の下に、小さな白いものが見える。

——人の骨!?

ぼくはそう直観した。

「竜子《たつこ》だ」

短く老人が言った。

「挨拶《あいさつ》をするかい」

老人が言うと、白川は、そこに立ったまま、掌《て》を合わせた。

「津村さんが、お書きになりましたか」

白川が言った。

老人は、床の間を見もせずにそこに胡座《あぐら》をかいた。

「戒名《かいみょう》なんぞ、どう書いたものか見当がつかんのでな、こんなものであろうと、あれだけを書いた。きみが、竜子《あれ》の骨を送ってくれたのでな。かけらひとつだけを残して、あとは皆捨てた——」

無造作に言った。

白川もぼくも、まだ立ったままであった。

「きみとは、一度会ったきりであったな」

老人が言った。

「会っていただけませんでしたので、あの時は無理にもと——」

「ふん」

「竜子の葬式にも来ていただけませんでしたね」

老人は答えずに、白川を見あげた。

「座らんのか」

「いえ、このままで——」

「——」

「見ていただきたいものがあります」

「なんだ」

「あなたにも、この涼一にもです」

白川が、初めて、涼一くんではなく、涼一とぼくを呼び捨てにした。

「涼一？」

老人がぼくを見る。

「鳥隅涼一——息子です」

短く白川が言った。

突然の言葉ではあったが、不思議にそれまで考えていたような衝撃は、ぼくを襲ってはこなかった。これまで、暗黙のうちに、互いに諒解《りょうかい》し合っていたことを、今、ただ口にしただけのことなのだと思った。

「竜子さんとの間に生まれた子供ではありません。竜子さんと知り合う前にできた子供です——」

老人は、ぼくを見つめながら、

「そうか」

とだけ言った。

何も訊《き》かなかった。

「見せたいものがあると言うたな」

「はい」

白川は、立ったまま、自分のシャツのボタンに手を伸ばした。

第一ボタンをはずす。

青黒いものが見えた。

白川の首の根元の素肌《すはだ》に、その青黒いものが巻きついていた。それはむろんのこと、ネクタイではなかった。

そして、ようやく、ぼくは、白川が何故《なぜ》、いつも第一ボタンまで、シャツのボタンをとめていたのかを理解したのである。

5

「みごとなものだ……」

老人——津村玄造が言った。

あの濁った黄色い眼の中に、炯とした光がまた宿っていた。

白川の胸で、大きく、青黒いものがうねっていた。

白川の持つ、とろとろとした精気の正体を、ぼくは見たように思った。

それは、不気味な蛇《へび》であった。

その蛇は、尾を、ふた巻きほど白川の首に巻きつけ、身をくねらせながら、右胸から下腹まで這《は》い降り、そこから大きく鎌首《かまくび》を持ちあげ、白川の心臓あたりに向けて、かっと口を開いていた。

蛇の眼が、燠《おき》のように赤い。

刺青《いれずみ》であった。

白川の皮膚の上で、そのままぐねぐねとのたうち、踊り出しそうな迫力があった。たっぷりとした蛇の胴の太さも、細く締まった首のあたりも、写実的《リアル》すぎるくらいである。図案化されたイメージの強い刺青とは違い、何か、もっと別の目的のための〝絵〟のような気がした。

奇妙に禍々《まがまが》しい。

「これを、竜子が彫ったのか――」

「はい」

白川が答えた。

「ふたりの身体《からだ》に彫りました」

「ふたりの？」

「はい。竜子さんにはわたしが虎《とら》を彫りました」

「虎を？　きみが彫れたのか」

「竜子さんに言われた通りに彫りました。わたしが彫った虎は、それほどのできではありませんでしたが、こちらは、ごらんの通りです」

「うむ」

玄造は、腕を組んで、白川の胸の蛇を見つめていた。

「しかし、何故、このようなことをした？」

「言い出したのは、竜子さんからです」

「竜子から？」

「わたしが、これの母親の所へもどらぬようにと、そう言いました。自分にはあなただけとわたしに言い、あなたには自分だけがいればいいのだと。そうするために彫るのだと言いました」

「――――」

「その執念を込めて彫るのだと――」

「竜子らしい……」

玄造がつぶやいた。

「このようなものを彫らなくとも、わたしには、もう、これの母親の所へもどる気持はありませんでした。これの母親の夫は、わたしの兄です。当時は、わたしの兄も生きておりました」

「ほう」

「この刺青を彫ることで、これの母親への未練が断ち切れればそれでよいと思いました。しかし――」

「しかし？」

「一年半ほど前に、これの父親、わたしの兄が亡《な》くなりました」

「――」

「わたしの方も、三年前に竜子が死んでおり、もう、これの母親とわたしとが自由に会うのを妨げるものはありません。この涼一と、この刺青をのぞいてはです」

白川の言葉には、きっぱりとしたものがあった。

白川宇太郎叔父が、どうしてぼくを今日ここまで連れてきたのかを、ぼくはようやく理解していた。

津村玄造に向かって語りながら、白川は、ぼくの父は、その言葉をそのままぼくに聴かせようとしているのである。

「刺青というのは？」

玄造が言った。

薄暗い部屋の中で、白川の顔に、一瞬苦痛の色が浮かんだ。

疲労とやつれが、その顔に濃い。

一年半前に、それまでぼくが父と呼んできた人も、よくそのような顔をしていたような気もするが、今のぼくには、どうしてもその人の顔が思い出せなかった。どのような顔で、どのようなしゃべり方をしたのか、それが思い出せない。

ひどくすまないような気がしていた。

ぼく自身も、白川と母の被害者であるはずなのに、それまで父と呼んできた人に対しては、加害者であったような気がしてしまうのだ。

「この刺青が、毎夜、わたしを責めるのです。毎夜、この首にからんだ蛇が、わたしの首を締めつけて哭《な》くのですよ」

「――――」

「見て下さい」

白川が、自分の胸に鎌首を持ちあげた蛇の顎《あご》の下を、指で示した。

その下の皮膚に、七～八センチにわたって、火傷《やけど》の跡に似たひきつれが走っていた。

「これがわかりますか」

玄造がうなずいた。

「信じないかもしれませんが、これは、この刺青の蛇が這った跡なのです」

「────」

「蛇は、わたしの心臓を目がけてゆっくりとわたしの胸を這って近づいてきているのです──」

白川の顔が、青ざめていた。

「まさかよ──」

玄造が、言ってから険しい顔つきになる。

その蛇の鎌首は、初めからその位置にあったのではないかと言おうとした言葉を、呑《の》み込んだらしい。

黄色く濁った眼の奥から、強い光がその蛇を睨《にら》んでいた。

「刺青を消す方法というのはありますか」

白川が言う。

「ねえな」

間を置かずに玄造が答えた。

「もともと、刺青《こいつ》を彫るってのは、はんぱな気持じゃ駄目《だめ》なんだよ。彫ったら二度と消せねえ、そいつを承知しての、後もどりのきかねえ道へ踏み込む時に彫るのさ──」

伝法に言ってのけてから、玄造が、初めて、その唇に、自嘲《じちょう》めいた笑みを含んだ。

「──極道《ごくどう》が、極道に彫るうちはともかく、説教たれるようになっちまったんじゃ、おしめえだな」

「もう、彫らないんですか」

「彫らねえよ」

「〝玄造針〟と言われて、この道じゃ、かなり知られた刺青師《ほりものし》だったあなたがですか」

「昔の話さ」

「しかし──」

「あんた、おれに何を言いてえんだ」

「わたしは、人間としちゃあ屑ですが、涼一《これ》の母親との時も、この刺青を彫った時も、屑は屑なりに本気でしたよ。兄貴にゃいい迷惑だったでしょうけどね。今も、また本気です──」

「本気だと」

「彫ってもらいたいんですよ」

「何!?」

「この左胸の所へね、孔雀《くじゃく》を彫ってもらいたいんです。〝玄造針〟を、ここに彫ってもらいたいんですよ」

　白川は言った。

「孔雀だ!?」

「孔雀は、インドでは霊鳥なんです。毒虫や毒蛇《どくじゃ》を喰《た》べると言われて、ヒンズー教の神の中にも入ってるんですよ」

「孔雀明王《みょうおう》なら、おれも彫ったことはある」

「明王じゃなくていいんです。あなたの手で、鳥だけを、赤い孔雀を、わたしの心臓を毒蛇から守るように、ここの所に彫ってもらいたいんです――」

　白川が言い終えた時、玄造の眼の中に凶暴な光が跳ねあがった。

「てめえ、おれの娘の竜子を毒蛇とぬかしやがったな」

　はんぱなチンピラならば、すくみあがりそうなどすの利《き》いた声をあげた。

「本気だと？　きいた風なことをぬかすんじゃねえよ。たしかに竜子は、あばずれよ。てめえの前にも、何人も男を知っとるわい。この、〝玄造針〟の津村の娘だからよ。十二の時には、もう、おれの手伝いをして、針を握ってたんだ。針の腕だって、なかなかのものだった。てめえが連れて行かなけりゃ、今頃《いまごろ》は、〝玄造針〟を継いで、おやじを抜いておるわい。しかし、だからと言って、おめえが――」

　そこまで言いかけて、玄造は口をつぐんだ。

皺《しわ》の中に埋もれた眼に、光るものがあった。

「鳥隅《とりずみ》で、鳥の孔雀か――」

ぽつりと言った。

白川は、押し黙ったままうつむいていた。

「本来ならば断るところだがよ、気が変わった――」

「――」

「竜子のこんな針を見せられたんじゃあな……」

つぶやいて立ちあがった。

しげしげと、白川の胸に眼をやった。

その眼が複雑な表情に細められる。

「さすがは竜子よ。これだけのものを彫るとはな。鬼気迫るものがあるわい。竜子の念が、そこにどろどろとのたうっておるようだ。これじゃあ、いつでもおめえの心臓を喰《くら》い、喉《のど》をくびりそうだわい――」

「――」

「おめえの肌によ、この玄造と竜子の、父娘《おやこ》一世一代の針を刺してやるわい」

枯れ枝のように尖《とが》った、右手の人差し指を持ちあげて、指先を、白川の左胸の上に当てた。

「ここにこう、ここにこうやって翼《はね》を広げて、首はこう――」

つぶやきながら、指先で肌の上をなぞる。

玄造の頭の中には、もうその絵の構図までが浮かんでいるらしい。

「まるで、ここは、竜子が、わしのために空けておいてくれたような場所じゃねえか」

ぼくには、その小柄《こがら》な老人の眼の中に、小さな狂気がとりついているように見えた。

6

白川が、父の名乗りをあげても、ぼくにとって、特別な変化はなかった。

あの日から、白川は毎晩ぼくと母の家へ泊まりに来るようになっていたが、彼が、ぼくの奇妙な恋のライバルであることに変わりはないのだった。

「白川さん――」

と、ぼくは彼のことを呼んだ。

母は相変わらずであったし、あの老人の所へ行ってからも、ぼくらの生活形態に、ほとんど変化はなかった。

ただひとつの変化といえば、三日に一度ずつ、白川が、ぼくを伴ってあの老人の元へ出かけてゆくことくらいであった。

白川が刺青を彫っていることも、彫っているのが誰《だれ》なのかも、母は全《すべ》て承知しているようであった。ようであった、というのは、ぼくがそのことを母の口から確認したわけではないからである。

ぼくも、白川も、母と三人でいる時には、刺青のことを何も口にしなかったし、母は、ぼくが彼のことを「白川さん」と呼んでも、少しも気にしているようには見えなかった。

皆が皆、ごく自然に振舞っていた。

どこかに異常なものがあるのだが、ではそれがどこで、どうすれば正常であるのかというと、その正常のやりかたがわからない、そのような状態であったのかもしれない。

ぼくらの生活は、何か、ひどく危うい、薄いガラス細工の骨組の中で、奇跡のようにバランスを保っているようであった。

白川が、刺青を彫って帰ってきた日の晩は、母の声は、特に高くなった。

刺青については、ほとんど無知であったが、おかげでいくらかの知識は身につけた。

その知識によらなくとも、針を刺した晩に、女を抱くという行為が、あまりすすめられたものではないことくらいは、わかる。

刺青を彫るというのは、ようするに人の皮膚に傷をつけて、その傷の中に絵の具をすり込んでゆく行為である。

痛い。

それも、大の男が思わず呻《うめ》き声をあげるほどに痛い。そして、その痛みよりも、自分の肌を貫く針がたてる音の方が、さらに耐え難《がた》いものらしい。

それが延々と続くのである。

だから、刺青のことを我慢とも呼ぶのであり、それを見せれば、それなりに強《こわ》もてもするのである。

昔は、宗教的な意味を持って始まった刺青が、いつの間にか極道筋の代名詞のようになり、今は、ファッションの一部として、自分の肌にそれを彫る若者もいる。

しかし、白川のそれは、それらのどれとも違っているようであった。

まるで、白川は、ぼくの母を抱く権利を得るために、刺青を彫っているかのようであった。自分が痛みに耐えたその分だけ、母の肉体を責め苛《さいな》んでもいいと思い込んでいるようであった。

その白川の血も、母の血も、間違いなくぼくのこの肉体の中に流れているのである。

白川が刺青をして帰った晩は、ぼく自身もたまらなく興奮した。

ふたりに早くその機会を作ってやるために、食事が終わると、ぼくはいそいそと二階の自室へ引きあげるのだった。

灯《あか》りを消し、ベッドの上に仰向《あおむ》けになって、いつ母のあの声が聴こえてくるかと耳を澄ませているのは、寒気がするほどの興奮を、ぼくの肉の中に煽《あお》りたてた。

身体が小刻みに震え、心臓が鳴り、ぞくぞくと鳥肌《とりはだ》まで立ってくるほどだ。ぼくの股間《こかん》の蛇は、その時にはもうとっくに立ちあがっている。

やがて、息を殺していると、下から、あの声が聴こえてくる。その途端に、たまらず精を洩《も》らしてしまったのも、一度や二度ではなかった。

刺青でこれだけ燃えあがるなら、白川が、竜子という女と、互いに身体に針を刺し、刺青を彫りながら交わりあった夜毎《よごと》の行為は、どれほどのものであったかとぼくは想像する。

蛇と虎とが、朧《おぼろ》な闇《やみ》の中で、妖《あや》しくくねり、互いに身体をからめ合う姿が浮かんでくる。痛みと快感とに、どれだけの高みに押しあげられたろうか。

それを思うだけで、気が遠くなってくる。

今、ぼくが上でこうして聴いていることも、こうして参加していることも、下のふたりは知っているに違いない。ぼくがなんで、早く二階へあがっていくのか、その理由もみんなわかっているに違いない。

今、下で声をあげているのが、母なのか竜子という女なのかもわからない。それらが一緒になり、ぼく自身さえも母や竜子や白川との行為の中に混ざり合い、互いの腕や脚や腹や指や股《また》や眼《め》や口や歯や心臓や胃や爪《つめ》や髪や耳や骨や鼻や血や筋や脳や腸やあらゆるものが溶け合い重なり合ってひとつになってしまう。

——ああ。

と、ぼくは声をあげる。

——ああ。

7

母と白川との行為が、激しければ激しい分だけ、決まって、その後に聴こえてくる呻き声も大きくなっていた。始めは、白川の呻き声だけであったのが、最近では、それに、母の声まで混じっている。

ビロードのリボンでゆっくりと首を締められてゆく声——。

不気味な蛇に、眠っている間に内臓《はらわた》を喰《く》い荒らされてゆく時の声——。

時には、その声が、あの時の声よりもぼくを興奮させるのだった。

8

刺青《いれずみ》は、次第にできあがりつつあった。

白川に声をかけられる度に、ぼくは出かけて行った。

白川の肌に、刺青が彫られてゆくのを見ることによって、夜毎のあの行為にぼくも参加できるのだ。

白川の肌に、墨で下絵を描き、その上から針を刺してゆく。

針——裁縫の針を数本たばね、棒の先に筆状に取り付けたものである。その針に、色素溶液を含ませ、皮下組織まで刺し、さらに刺創に色素をすり込んでゆく。

激烈な痛みがある。

発熱もする。

刺創が化膿《かのう》して腫《は》れあがることすらある。

玄造は、頬《ほお》を、白川の肌にこすりつけるようにして、針を刺す。まるで、愛《いと》しくてたまらぬ女の肌に、その思いを打ち込んでゆくような丹念さだ。

いや、執拗《しつよう》と言ってもよかった。

玄造はステテコ一枚になっている。

冬だというのに、玄造の肌には、汗さえ浮いていた。

部屋の空気も、ねっとりと肌に粘りつくようだった。

白川の呻《うめ》き声。

眼を閉じて聴いていると、それは、夜、思わず彼がその唇《くちびる》から洩《も》らす呻きにも似ていた。

もしかしたら、白川——ぼくの父は、彫られながら快感すら感じているのかもしれなかった。

玄造が、孔雀《くじゃく》の絵を彫ってゆくその長い時間を待つことが、ぼくは苦痛ではなかった。

おそらく、母も白川も玄造もぼくも、四人とも狂気の世界にいたのに違いなかった。

玄造の黄色い眼も、皺《しわ》の浮いた肌も、この世のものではないようであった。

「匂《にお》うね——」

ある日、玄造がそう言ったことがある。

男と女のあの匂い——

玄造は、その奥に針を潜《ひそ》ませたような眼でぼくと白川を見た。

白川の頬は、前以上にそげていたし、ぼくの顔だってあまり変わりはなかった。それは

〝匂うね〟と言ってぼくらを見た玄造も同じであった。

玄造は、自分の血を絵の中にすり込んでいるのではないかと思えるほどやつれていた。絵の全貌《ぜんぼう》が見え、ようやく完成に近づいた頃には、彼はひと回りも縮んで見えた。生命《いのち》を絵に吸い取られているようだった。

その分、白川の左胸を中心にした肌の上に、みごとな孔雀の絵ができあがりつつあった。大きく羽根を広げ、蛇の行手をはばむように、首をそらせて上から蛇を睨《にら》んでいる。

しかし、その頃には、針を持つ玄造の右手が思うように動かないらしいと、ぼくの眼にもはっきりわかるくらいになっていた。

「いよいよだな」

そんな時、ぽつりと玄造が言った。

「いよいよ――」

仰向けになったまま、白川が言う。

「いよいよ、この手が利《き》かなくなってきたんだよ。何かが、この手首に巻きついたみてえに、痺《しび》れていやがる――」

「――」

「おれがさ、この絵を彫っている間中、竜子の眼が、そこからおれを睨んでやがるのさ」

玄造は、白川の胸の上を指差した。

そこから、赤い蛇の眼が、ぼくらを一様に睨んでいた。

「見ねえ」

玄造は言った。

「ここのひきつれが、前よりも、一寸半ほどは伸びている」

玄造の声には、ぞっとするような響きがあった。

確かに、蛇の鎌首が、白川の心臓の方向に向かって動いているようであった。

あらためて、それを見、ぼくはぞくりとした。絵が完成に近づくにつれ、夜毎の白川の呻く声が大きくなっているのを、ぼくは知っていた。時にはその声は、狂おしくもがく、死ぬ間際《まぎわ》の人間の声のようにも聴こえた。

「これを、切ってくれ。これを、おれの身体《からだ》からひきはがしてくれ」

そう言っていた晩もあった。

まるで、絵ができあがる前に、竜子の彫った蛇が、白川をどうにかしようとしているようであった。

その日、針を刺している途中で玄造は、声をあげて立ちあがり、太い筆を手に取った。

額に、細かい汗がびっしりと浮いていた。呼吸が荒くなっていた。

手にした筆に、たっぷりと墨を含ませると、

「糞《くそ》──」

竜子の彫ったという蛇の上にその筆をあて、蛇のかたちを塗り潰《つぶ》しはじめた。

玄造は、獣の声をあげた。彫り始めた。

鬼気迫るというのは、まさしくこの時の玄造のことを言うのだろうとぼくは思った。

鬼の汁《しる》が全身からしたたり落ちるようだった。

その日は、かなりのペースで仕事が進み、白川の願いもあって、時間をかけて、普段の三倍の量を描いた。

玄造が彫る手を止めた時、玄造の内部にあったものが、すとんと抜け落ちたようになっていた。

その日の別れ際に、玄造が、玄関でめずらしく白川に声をかけた。

「おめえ、極道の道に、片足半分突っ込んじゃいねえかい」

白川はうなずいた。

「そんなこったろうと思ったよ。三日ごとにこんな所に通ってくるんだものな。もっとも、そんなもんもんが入っていちゃあ、まともな仕事はしちゃいねえだろうがよ──」

「──」

「あと一回で、この仕事は終りだ。そうしたら、おれはもう、二度と針は持たねえよ。おめえも、足を洗うことを、そろそろ考えてみることだな――」

白川は、何も答えずに、頭を下げ、ぼくの背を押すように外へ出た。

「おれのそれは、〝玄造針〟の生涯《しょうがい》の傑作だぜ」

ぼくらの背に、玄造の声が届いてきた。

それが、ぼくが玄造の声を聴いた最後になった。

9

その夜、ぼくら三人は、一階と二階とで一匹のけものとなった。

――明け方。

泥《どろ》のように眠っていたぼくは、夢の中で、声を聴いていた。

男の声と、女の声であった。

「切ってくれ」

と、男が言う。

「こいつを切ってくれ」

男の声は、苦し気に喘《あえ》いでいた。いくらも呼吸ができていない声だ。

「駄目《だめ》よ、切れないわ」

と、今にも叫び出しそうな女の声。

「頼む」

男の声はかすれている。

喉《のど》を通る空気の量が、極端に少なくなっているのである。

その重苦しいやりとりが半分眠っているぼくの頭の中でしばらく続いた。

白川の声は、苦痛をこらえる獣のようだった。すぐにも、大声をあげてわめき出したとしてもおかしくなかった。

拷問《ごうもん》を受けている罪人の声というのを、ぼくはむろん耳にしたことはないが、そういう罪人のいる部屋の天井の暗がりにいる人間は、まさしくこういう声を耳にするだろうと思った。

真っ赤に焼けた鉄——それを身体中に押しあてられている白川の姿が、頭に浮かんだ。

半覚醒《かくせい》の状態の中で、ぼくは実際にそれを夢の絵として見ていた。

夢の中で、白川は、太い青い蛇に、きりきりと全身をからめとられてもいた。その顔に浮いていたのは、苦痛とも、悦《よろこ》びともつかない表情であった。

そのうちに静かになった。

不気味な沈黙だった。

その沈黙の中に、時おり、

〝ぐう〟

とも、

〝ぎい〟

とも聴こえる声が、低くくぐもって届いてくる。

どれだけの刻《とき》が過ぎたろうか。

やがて――

ぼくの耳に、ふいに悲鳴が飛び込んできた。

母の悲鳴だった。

ぼくは眼を覚ましていた。

しんと広がる闇の中に聴き耳をたてると、低い、獣の唸《うな》り声が、階下の闇から響いていた。

不安が、ぼくを捕えた。

ベッドから抜け出し、パジャマのまま、ぼくは部屋の外へ出た。
ひんやりとした廊下の板の冷たさが、ぼくの足の素肌に触れた。
ゆっくりと、音をたてぬように階段を降りてゆく。
闇の中で、母の寝室の前にぼくは立った。
木製のドアに耳を押しあてる。
さっきまで聴こえていた、低い唸りが、今はもう聴こえなかった。
「かあさん――」
ぼくは、耳をあてたまま、低い声で呼んだ。
返事はなかった。
微《かす》かな音が聴こえた。
湿った音。
濡《ぬ》れた雑巾《ぞうきん》が、テーブルの上から落ち、床の上を引きずられる音だ。
「かあさん――」
やや大きな声でまた言った。
湿った音。
返事はない。

「かあさん」

大きな声で言った。

返事を待たずに、ぼくは、ドアを開いた。

むっとする臭気が、ぼくの顔面を叩《たた》いた。

男と女のあの匂いと、そして、吐き気のしそうな血の臭《にお》いが部屋の中に満ちていた。

ぼくが最初に見たのは、ベッドの上から仰向《あおむ》けに床に上半身を倒し、下からぼくを見上げている、白川——父の顔だった。

その眼が、どろっと濁っている。

唇《くちびる》が、何かを言いかけた途中のように、半開きになっている。テレビでよく見る、死に役の役者がやる表情にそっくりだった。ひどい冗談を眼にしているような気がした。

全裸の父の胸から、おびただしい血が、ベッドと、そして床とを濡らしていた。

ぼくは、部屋の中に足を踏み入れた。

浅い水溜《みずたま》りの中に踏み込んだ時のような音が、ぼくの素足の下でした。しかし、この水溜りは、まだ温かかった。

父の胸から、肉ごと、あの蛇《へび》の絵がえぐりとられていた。

首に巻かれた尻尾《しっぽ》だけが、まだ残っている。

完成に近い、あの孔雀の首も、父の左の胸からきれいになくなっていた。

ベッドの中央に、血にまみれた包丁が落ちていた。

母の死体は、ベッドの反対側に落ちていた。

やはり全裸で、首に、べっとりと血の跡がからんでいた。

顔が、紫色にふくれあがってはいたが、こんな時でさえ、まだ、母の死体は、美しいと、そう呼んでもいいくらいだった。

母が、実は死んだふりをしているだけで、ほんとは、その胸が小さく上下しているのではないかとぼくは思った。

母の乳房を、ぼくはしばらく見つめていたが、胸はぴくりとも動かなかった。

母か、それとも父かのどちらかが、父の胸からきれいに蛇をえぐりとったのだろうが、どちらかはわからない。

しかし、何故《なぜ》、母が死んだのか。

その時、ぼくは、足元に、小さな湿った音を聴いた。

ぼくが、足元を見下ろすよりも早く、ぼくの素足に、ねっとりと温かいものがからんできた。

ぼくは、悲鳴を細くあげて、足元を見た。

一匹の蛇が、ぼくの右足にからんで、鎌首《かまくび》を持ちあげていた。
あの、父の右胸にいた蛇だった。
削られた肉の塊りを付けたまま、蛇の刺青が、ずるりと動いた。
蛇は、その口に、あの、孔雀の首を咥《くわ》えていた。
そして、ぼくは、生まれて初めての絶叫というものを、どうやらあげそこなっていた。
絶叫は、出かかった喉《のど》の根元で、きれいにとまっていた。
肉色をした蛇が、しっかりとぼくの首に巻きついていたからである。
母と同じ死に方をするのだな――ぼくはそう思った。
首に巻かれたものに、優しく力がこめられ――

髑^カ髏^パ盃^{ーラ}

髑髏盃（カパーラ）

1

それは、本当に、何気なく買ったものであった。

バイオレンスだの、エロスだのと言われている小説を、もう何年にもわたって好きで書いているものだから、それについての知識は前々から資料などで眼《め》にして知っていた。小説の中で、実際に使ったことも、一度ならずある。

それ、というのは、カパーラのことである。

詳しく話そう。

すでに一昨年《おととし》のことになるが、ネパールヒマラヤに出かけたことがある。

鶴《つる》を見に出かけたのだ。

ネパールという土地は、季節風《モンスーン》の関係で、ただひたすら、雨ばかり降り続く時期がある。日本で言えば、梅雨のようなものだが、その規模はもっと大きい。

夏の季節風《モンスーン》期は、六月の上旬から、九月下旬までのおよそ三カ月余りで、この時期に、年間降雨量の八〇パーセント近くが降ってしまう。太平洋の湿気をたっぷり含んだ大気が北上し、ヒマラヤ山塊にぶつかって、山脈の南側に大量の雨をふらせ、軽くなった大気が山脈を越えてゆくのである。

雨とはいっても、それは下界でのことで、七千メートル、八千メートルのヒマラヤの高峰では、それは、全《すべ》て雪である。

登山には最悪の時期だ。

その雨期が終った途端に、空が晴れわたる。晴れるとなると、こんどは逆に、あきれるほど空の青い晴天が続く。

その晴天を待って、登山者はヒマラヤに登るのである。

晴天を待っているのは、人間だけではない。モンゴルや、シベリアあたりに棲息《せいそく》している鶴もそうである。正確にはソデグロヅルという鶴だ。

そのソデグロヅルが、シベリアから、ジェット気流に乗り、八千メートルに近いヒマラヤの高峰を越えて、インドまで風の中を渡ってゆくのである。

十年以上も前に、日本の登山隊がそれを撮影したフィルムを見たことがあるが、ため息が出るほど美しい光景であった。高い虚空《こくう》の風の中を、ほろほろと、白い鶴が白い岩峰を越えてゆくのである。絹の柔らかさと刃物の鋭さを持った白い鶴が、点々と蒼《あお》い天の高みを群をなして飛んでゆくのだ。

その光景を、どうしても肉眼で見たくなってしまったのである。

仕事をやりくりし、出かける朝の四時半まで仕事をし、空港でも原稿を書き続け、カトマンズへ着いてからも、日々書き続け、ようやく仕事をかたづけて、山の中に入ったのだった。

マナスルという、日本には馴染《なじ》みの深い八千メートル峰《ほう》へ向かう遠征隊があり、名目ばかりの学術班ということで、その遠征隊のメンバーに加えてもらったのである。

鶴がヒマラヤを越えてゆくコースが、いくつか知られており、そのうちのひとつが、マナスルにあるのだ。

学術隊員は、ぼくと、某社のぼくの担当の編集者が一名だった。

そこで、ぼくは、生まれて初めての体験をいくつかすることになったのだった。

高山病にかかり、そして、来る日も来る日も、氷河の上で雪と闘うことになったのである。

季節はずれの大雪にみまわれたのだ。

あちこちの山で、登山者が死んだ。ネパールの気象観測史上初めての規模の雪だった。下山後に知ったのだが、ベンガル湾にふたつのサイクロンが居座り続け、最終的に、ヒマラヤを越えて行ったのである。

雪のテントの中で、エベレストの方ではインド隊が雪に閉じ込められている、という切れ切れのラジオのニュースを聴くと、三日後には、そのインド隊との連絡が途絶えたと、ラジオが告げる。

あちこちの山域で、ぼくらのように雪に閉じ込められている人間たちが、あるいは雪崩《なだれ》で、あるいは食料不足で死んでゆくというニュースを聴くのは、なかなかに怖《おそ》ろしいものであった。

ぼくは、生まれて初めて、ベースキャンプのテントの寝袋《シュラフ》の中で、登山靴をはいたまま、ナイフを握りしめながら眠るという体験をした。雪崩に襲われた時、万が一生命《いのち》があれば、それでテントを裂いて脱出するためである。

ヒマラヤでの雪崩は、大きいものになると日本の山とは根本的に規模が違ってくる。八千メートルに近い、頂上直下で始まった雪崩が、いっきに数千メートルを駆け抜けて、下の谷やら氷河湖やらになだれ込むのである。

雪とはいえ、氷の塊りと同じである。

ビルひとつ分の氷河の一部が崩れ、無数の氷塊となって、斜面を滑りながら、岩を削り、ひとつの谷をまるまる根こそぎ抉《えぐ》ってしまうことだってあるのだ。無数の氷塊といっても、それだって、そこらの建売り住宅くらいはあるのである。

そんな雪崩に巻き込まれたら、まず助かりようがない。

しかし、それでも、偶然に、巻き込まれたのがその雪崩の端であれば、生きている場合がある。しかも、顔の周辺の雪に隙間《すきま》があれば、そこの空気を呼吸しながら、どうにか二十分くらいは生きていられるらしい。そして、上をおおった雪の厚さが二十センチを越えていなければ、自力で脱出することも不可能ではないらしいのだ。だが、もし、雪崩に巻き込まれ、生きてもいて、身体《からだ》もなんとか動く状態であり、空気が二十分ほどはあったとしても、ナイフがなければ、自力で脱出はできない。

まず、テントがぺしゃんこになって、顔や身体のすぐ上に張りついている。そのテントを、素手では裂けないのだ。

だから、ナイフが必要なのである。

それも、ポケットの中に、ではなく、手の中に持っていなければならない。雪に埋もれた状態で、ポケットの中にあるナイフを取り出すために手を動かせるわけはないのだ。しかし、手にナイフを握ってさえいれば、それで手元の雪を掘りながら、雪上へ穴を造り、なんとか脱出もできるということなのである。

しかし、雪上へ脱け出たとして、足に靴を履いていなければ、ただ、死を先に延ばしただけにすぎないのだ。ベースキャンプとはいえ、標高で五千メートルに近い場所である。マイナス二十度からの世界なのである。靴を履いてなければたちまち足を凍傷にやられて、動くこともならず、死んでしまう。

靴を履いていれば、雪の下から、テントや食料を掘り出す間、なんとか生きてもいられるというものだ。

けれど、ナイフにしろ靴にしろ、あの大自然の中にあっては、なんとささやかな気休めであったろうか。

しかし、そういう気休めにすら、すがりたくなってしまうのである。

足元で、ごう、と雪崩が鳴る。

夜、寝袋の中で、それを背中で聴いているのだ。

背にしている雪が、そのまま いっきに動き出してしまうのではないかと思う。

頭上で、また、ごう、と鳴る。

その音が止まらない。闇《やみ》の中をどんどん近づいてくる。

来る。

目を開いて暗いテントの天井を睨《にら》み、ナイフを握りしめて、歯を喰《く》いしばってしまうのである。

音がやむ。

ほっとすると、あとは絶え間なくさらさらとテントに降ってくる雪の音ばかりである。

そのうちに、雪の音もしなくなる。テントの上に雪が積もってしまったからである。ヘッドランプを点《つ》けると、テントが内側に大きくたわんで、内部がせまくなっている。テントが潰《つぶ》れる前に、起きあがり、内側からテントを叩《たた》いて、フライシートの上の雪を下に滑り落とす。

するとまた、テントにさらさらと積もってゆく雪の音が、耳に届いてくるのである。

不気味な音だ。

暗い灰色の天から、雪は、あとからあとから、無尽蔵に落ちてくる。

七日目に、ついに、雪崩が来た。

夜だ。

いきなり、
どん、

と、テントに雪の塊りが叩きつけてきたのだ。

テントが、強烈な風でちぎれそうに揺れていた。

爆風だ。

眼が醒《さ》めた。

「テントを押さえて下さい!」

一緒に寝ていた編集者は、立ちあがって凄《すご》い形相《ぎょうそう》で、テントの上部を押さえている。

ぼくは、寝袋の中でうつ伏せになり、腕で頭をかばって歯を喰いしばった。

風も、ぶつかってくる雪も、すぐにやんだ。どうやら、中くらいの雪崩が、ぼくらのすぐ上のモレーンで向きをかえ、テントのすぐ横を駆け抜けていったらしかった。

雪崩の先端の圧縮された空気が、曲がらずに大量の雪の塊りと共にモレーンを越え、テントにぶつかってきたのである。雪崩の本体はそれたのだ。

そういうことが、何度となくあった。

ぼくは、生まれて初めて、具体的な死について思い、テントの中で、歯を軋《きし》らせながら、やりかけの仕事のことを思った。いくつかの書きかけの物語をそのままにして死にたくはなかった。

一緒にここまでやってきた編集者のことを思った。彼は何を考えているのだろう。

ぼくは、趣味でここまで来たのだが、編集者がここまで来たのは、たまたまぼくの担当であったという、それだけの理由でしかない。

彼は、ぼく以上に死にたくないに決まっていた。

そういう状況になると、人間がシンプルになる。日本に置いてきた妻と子供のことと、仕事のことだけが頭に残っていた全てだった。帰りには、飛行機のフライト待ちで、タイで一泊する予定になっており、そこでの一夜をどうしたものかと、テントの中で、編集者とよろしくない内緒話などもしていたのだが、そういうもののあれもこれも、きれいにふっ飛んでいた。

夜、ぼくは、寝袋の中で、ヘッドランプを点けて、原稿を書いた。

そんな時に、隣りの寝袋から、声があがったのである。

「やっぱり、あれがいけないんでしょうかねえ――」

どうやら、ずっと眠れずにいたらしい編集者が、声をかけてきたのだった。

「あれか――」

ぼくは言った。

あれ、というのが何であるか、ぼくにはわかっていた。

それは、このベースキャンプに上がる五日前、三日ほどキャンプを張ったサマというチベッタンの村で買ったもののことであった。

それが、カパーラだったのである。

2

ぼくと、編集者は、隊の本体よりも、一カ月遅れて、山に入った。

それは、ぼくの仕事の忙がしさが原因であった。本来であれば、高度順応をかね、一カ月近いキャラバンを続けながら、ベースキャンプの予定地までたどりつくのが、ヒマラヤ流のやり方である。そのキャラバンができずに、ぼくらふたりは、富士山で高度順応をし、ネパールの軍用ジェットヘリを使って、いっきにサマの村に入ったのだった。そのサマという村の標高と、富士山の標高とが同じくらいだったのである。

その村は、秋であった。周囲の山が紅葉《もみじ》に染まっていた。

その紅葉の上は白い雪の岩峰で、そのさらに上は、青い天だ。

キャンプの面倒をみてくれたのは、ひとりのシェルパである。

名前はドルジだ。

そのシェルパのドルジの口利《くちき》きで、ぼくらは、テントではなく、村のはずれにあるカルカで泊まることになった。カルカというのは、石を積んで造った、石小屋である。隙間風が入るが、テントよりは広くて、眠るには快適だった。

その男がやってきたのは、サマでのキャンプ三日目の夕刻前であった。

ぼくらが、火を焚《た》き始めると、あっちこっちの家から、人がやってくる。焼いたばかりのジャガイモを噛《かじ》りながらやってくる子供もいれば、やけに愛想《あいそ》のいい爺《じい》さんや婆《ばあ》さんもいる。子供は皆素足だ。

彼等《かれら》について、例外なく言えるのは、着ているものがぼろぼろで、いつ風呂《ふろ》に入ったのかわからない、ということである。髪が、汗と垢《あか》でよじれ、束になっている者もいるのだ。

彼等は、ぼくらの焚火を囲み、一緒に地酒のチャンを飲み、時おりは、高い声で歌などを唄《うた》ってくれた。

その三日目の夕刻に、見たことのないその新顔の男がやって来たのだ。

竹の籠《かご》を背負って、焚火の近くまでやって来ると、その籠を地面に下ろした。どの方向に二メートル歩いても、牛やヤクの糞《ふん》が散らばっている地面である。

日本で言うなら、六十歳くらいに見える男だったが、老《ふ》け込むのが早いこの国では、案外、もっと若いのかもしれなかった。

その男に向かって、シェルパのドルジが土地の言葉で何か言った。男の持って来た籠に眼をやって、駄目《だめ》だというように、首を振る。

男が、ドルジに何か言ったが、ドルジは相手にしない。どのような会話かはわからないが、男が、時おりこちらに眼をやっているのを見ると、まるでぼくらに関係のない話ではないらしかった。

あきらめたように、男は籠の横に座り込んで、煙草《たばこ》を吸い始めた。

やがて、ドルジがぼくらのところにやってきて、この先に美味《うま》い酒を造っている家があるので、買いに行ってくると、ぼくらに告げた。ベースキャンプに上がる時に、酒を持ってゆくことになっており、その酒をその家から何リットルか手に入れてきたいのだという。

ドルジは、五リットル入りのポリタンクをぶら下げて、いそいそと出かけていった。

そのドルジの姿が見えなくなった時、それまで煙草を吸っていた男が立ちあがって、籠を持って、ぼくらの前にやってきた。

そして、男は、店開きを始めたのであった。

地面に布を敷き、籠の中から、次々に色々な品物を取り出しては、その上に並べ出したのである。それで、ぼくらは、ようやくこの男が何をしに来たか、呑《の》み込めたのであった。

ぼくは、以前にもトレッキングでネパールへ来ており、このような商売の男を知っていた。

土産物屋である。

トレッキング中の隊が、どこかで休むか、キャンプをする度に、どこからかいそいそと姿を現わし、ものを売りに来る人間がいるのである。

それは、酒であったり、ニワトリであったり、民芸品であったり、音楽であったり、唄であったりした。

この男は、そういう人間たちのひとりだったのである。

「へえ——」

編集者が、興味深そうに、布の上に並べてゆくものを見た。

独鈷杵《とっこしょ》。

宝石風の石。

鞘《さや》に飾りのある山刀《ククリ》。

古そうな仏像。

銅製の盃《さかずき》。

首飾り。

指輪。

アンモナイトの化石。

実に様々なものが、籠の中から姿を現わしては、並べられてゆく。

こういう店に並べられているほとんどのものは、偽物《にせもの》である。アンモナイトの化石は本物で、ヒマラヤの山の中ではよく見つかるのだが、一見は古そうな、経文の彫ってある木片や板も、銅製の独鈷杵も、こういう店のために造られたものだ。ちゃんと職人がいて、いったん造ったそれを、わざと水に浸けたり、土の中に埋めたりして、それ風にしてから、こういう店に並べられるのである。

編集者も、そのあたりは心得ている。

しかし、わかってはいても、籠の中から次々に色々なものが出てくるのを見ているのは楽しかった。

「それにしても、よく、こんな山の中まで来るよな」

「登山の遠征隊がよく利用するルートには、たくさんいるんじゃないの」

そんなことを、ぼくらは日本語で言った。

「あれ——」

と、ぼくが視線を止めたのは、その男が、最後に取り出したものを見たからだった。

それは、白い器であった。

器の縁に金属がぐるりとかぶせてあり、その金属に、石が嵌《は》め込んである。

ぼくは、それを手に取っていた。

「これ、カパーラじゃないの？」

ぼくは、編集者に言った。

「カパーラって？」

編集者が言った。

「人間の頭蓋骨《ずがいこつ》で造った器だよ」

ぼくは説明した。

カパーラは、左道系の密教で使用する法具である。

人の頭蓋骨を、額のあたりから水平に切り取って器とし、密教の儀礼で使用するのだが、時には人の血なども、その器に満たされたりもするのである。

「本物？」

編集者の声が小さくなった。

ぼくはその器に指で触れ、しげしげと眺《なが》めた。たしかに、それは骨であった。しかし、それは新しく、そして、小さかった。指で触れると、気のせいか、指の腹にねっとりと湿っぽくからむような感触がある。

「本物だけど、偽物っぽいね」

ぼくは言った。

骨としては、本物なのだが、実際にどこかで使用されたカパーラにしては、新しすぎるのである。それに、浅く、小さい。

「犬か、馬か、熊《くま》かはわからないけれど、何かの動物の頭蓋骨のそれらしい部分で造ったんじゃないのかな――」

そう口にしたら、案外それが正解のような気がした。なにしろ、土産物の偽物ばかりを製造する業者がいるのである。

「カパーラ?」

ぼくは、自分の頭を指差して訊《き》いた。

「カパラ」

男は、にこにこしながら答えた。

「人間《ザ・マン》の?」

男は、ぼくの言った意味がわかったのかどうか、うんうんとうなずいた。

「いくら?《カテイ・パイサ》」

「四〇ドル《フォーティ・ダラ》」

やけに発音のいい英語で、男は言った。

ぼくは、このカパーラを、買ってもいい気持になっていた。少なくとも、骨として本物であるところが気に入った。

前回、このネパールに来たのは、十年以上も前で、実はその時に、ぼくはシェルパに連れられていった店で、本物のカパーラを見ているのである。そこは、カトマンズの細い路地をくねくねと歩いて行った先の二階にあったうらぶれた店で、本物ばかりを置いている店である。

そこで見たカパーラは、すっかり色が黄色くなり、汚れていた。当時で、一二〇ドルの値であった。

だから、ぼくは、男から値段を聴いて、少し安心し、そして、このカパーラを買ってもいい気になったのだ。値段が四〇ドルと聴いて、これはやはりニセモノであるとわかったからである。男が四〇ドルと言ったということは、この国ではその半分以下の値までねぎることができるということだからである。

土産物屋でものを買う時には、外国人と見れば、三倍近い値を、最初に言ってくる売人が多いからだ。

本物であれば、最初に四〇ドルという安い値をつけるわけがない。

本当の骨で造った偽物だから買う。本物であれば、やはり気持が悪い。かといって、プラスチックの偽物では買う気になれない。偽物ではあるが、骨として本物であるというのがいい。

値切ったあげくに、一五ドルで、ぼくはそのカパーラを買ったのだった。

男が帰って、しばらくすると、シェルパがもどってきた。

すでに暗くなっていた。

焚火を囲んで、夕食が始まった。

羊の脂《あぶら》で炒《いた》めた、ジャガイモと羊の肉、豆で造ったダルスープ、ネパールの細長い米で炊《た》いた御飯、タマネギと大根のサラダ。それが、その晩の夕食だった。

ぼくらは、火を囲み、それを食べ、酒《チャン》を飲んだ。酒《チャン》といっても、日本で言えば、どぶろくである。

富士山の高さで飲む酒は、少量でもたちまち、身体《からだ》にまわった。

いい気分だった。異国の小さな村で火を焚き、それを見つめながら、ぼくはこれからゆく遥《はる》かな高みにある白い峰のことを想《おも》った。

「ね、さっきのあれで、飲んでみませんか」

それまで、コッヘルで酒《チャン》を飲んでいた編集者が言った。

「カパーラで?」

「ええ。その方が気分が出るんじゃありませんか――」

言われてその気になった。

気分というのが、どういう気分なのかはよくわからないが、ぼくもそんな気がした。

テントの中から、カパーラを取り出して、ぼくは、ポリタンクから、そのカパーラの中に酒《チャン》を注いだ。

その酒《チャン》を、カパーラで、編集者とふたりでまわし飲みした。妙な気分だった。

「ドルジもどう？」

ぼくは、ドルジに声をかけ、手にしていたカパーラを渡した。

酒《チャン》の入ったカパーラを受け取ったドルジが、堅い眼つきになった。カパーラを、手にとってしげしげと見つめた。

ふっとぼくの頭の芯《しん》にあった酔いが遠のいた。

ドルジの眼を見たからだった。

「それ、カパーラでしょう？」

ぼくは訊《き》いた。

「カパーラです」

ドルジが答えた。

声までが堅かった。

ざわっ、
と、背のどこかを、大きな虫が這《は》ったような気がした。

「本物？」

ぼくは、小さな声で訊いた。

「本物です。たぶん――」

「本物って、人間の？」

「そうです」

「だって、それ、小さいじゃないの。人間じゃなくて、動物のだろう？」

人間の頭蓋骨が、まさか、土産物屋で売られているわけはないという、日本の常識にすがるようにして、ぼくは訊いた。

「人間の子供です」

ドルジは言った。

「え？」

「チベットの方や、このあたりは、子供の死亡率が高いんです……」

ドルジは、ぼくらを見ながら、低い声で言ったのだった。

3

そのカパーラが、まだ、ぼくのザックの中に入っているのである。

そのカパーラが、この雪の原因ではないかと、編集者は、眠れぬままに、暗いテントの中で声をかけてきたのである。

カパーラの入ったそのザックは、ぼくの頭の下で枕《まくら》になっている。

「どうなんだろうねえ」

ぼくは言った。

ようするに、どこかで死んだ子供を安い値段で買いとって、その頭蓋骨でカパーラを造っている人間たちがいるのかもしれない。

もし、このカパーラが、そういう子供たちのものだったとしたら――。

しかし、このカパーラが雪の原因になるなどとはあり得ないはずであった。そうは思っても、ザックに乗せた頭のすわりが、妙に悪くなっている。

だが、ぼくらはともかく、この国の人間たちは、この雪の原因について、ぼくらの理屈とは違うふうに考えるかもしれなかった。

この数日間のことをぼくは思い出していた。

上に設営した全てのキャンプからこのベースキャンプに降りてきた隊員たちは、昼間、集会テントで顔を見合わせながら、いろいろな話をした。

女の子のお尻《しり》の話もしたし、神サマについての話もした。テントの雪を落とすことと食事をのぞけば、あとは、しゃべることくらいしかないのだ。ある男は、春までいたボルネオのジャングルでオウムを食べた話をし、ある男は、昨年、ジープでアフリカを横断した話をし、ある男は、アフガンの地雷原を、ソビエト兵に追われ、カメラを抱えて逃げた話をした。南米の雪山で、強風に飛ばされながら、大便をした話をした男もいた。

眠っている間に、自宅で、カミさんの友人の女に犯された男もいた。夜の雪の中を、他《ほか》の男と同棲《どうせい》中の惚《ほ》れた女を抱えて走った男もいた。

ぼくらは、男どうし顔をつき合わせ、男のできるあらゆる話を、そのテントの中でしたのだった。

ぼくらは、話に飽きると、外へ出、小便をし、ただ、灰色一色の空から、あとからあとから落ちてくる雪を、それぞれ独りぼっちで、哲学的な顔をして眺めるのだった。

「雪崩《なだれ》が、怖くはないんですか？」

ある時、話の最中に、ぼくは、信州で山小屋をやっている隊長に訊いた。

「我々は禁断の実を取りに来たわけだから――」

問われた隊長は、ひどく男っぽい顔で、そう答えた。

その後、山で死んだ男たちの話になった。

同じテントの中にいる男たちは、誰も、例外なく、山で知り合いを亡《な》くした経験を持っていた。そういう話になると、話題は尽きなかった。

そういったいろいろな話の中に、この降り続く雪の原因についての話もあったのだった。

「シェルパたちは、むこうの氷河から入ったイギリス隊が、ヤクを殺して食べたからだと言ってるな」

隊長が言った。

「本気でそう思ってるの？」

「どうかな」

隊長は言った。その時は、なにげなく聴いていたその話のことを、ぼくは、テントの中で思い出したのだった。

「まさか、カパーラっていうことはないと思うけどな」

「そうは思うけどね」

ぼくと編集者は、夜のテントの中で、ぼそぼそといつまでもそんな話をくりかえし、眠れぬ夜をすごしたのだった。

翌日、ぼくは、前日の晩に、編集者とふたりで話したことについて、皆に告げた。朝、集会用の石小屋《カルカ》に、全員が食事のため集まった時だ。

その時、集会用の石小屋には、何人かのシェルパも来ていて、その中にはドルジの顔もあった。

「気になるなら、あずかりますよ」

ドルジは言った。

それで、ぼくは、ドルジにカパーラをあずけたのだった。

4

そして、結局、ぼくと編集者は、鶴を見ることなく、山を降りたのだった。

仕事の都合で、一カ月以上の時間をさけなかったぼくは、二週間を標高五千メートルの雪の中で暮らし、雪がわずかにおさまった時を見はからって、息も絶えだえに、氷河の横を下ったのだった。

他の隊員は、さらにベースキャンプに残り、頂上アタックをねらうことになった。

その結果を知ったのは、日本に帰って、一カ月ほど経《た》ってからであった。

「残念だったなあ……」

まだ、ヒマラヤではやした髯《ひげ》を剃《そ》らないままの顔で、隊長は言った。

新宿の、一杯飲み屋であった。

成田に着いたのは、昨夜だという。他の隊員は、ひとまずそれぞれの家に帰ったのだが、隊長だけは、スポンサーへの挨拶《あいさつ》まわりがあり、三日ほど東京にとどまることになったのだ。

いくつかのスポンサーをまわった後、新宿のホテルで仕事をしているぼくのところへ、隊長から電話があったのだ。ぼくの家へ電話を入れ、ぼくが新宿で仕事をしていることを知ったのだという。電話があるまで、昨夜、隊員がネパールから帰ってきたことを、ぼくは知らなかった。

アタックが失敗したことだけは、ネパールからの知らせが、スポンサーのひとつであった新聞社まで連絡があり、人づてにそのことは耳にしていたのだが、帰国の日程は、その時はまだわかってはいなかったのだ。

ぼくは、その飲み屋で、隊長とふたりで、しみじみと日本の酒を飲んだ。

「こうやって、新宿で会えて飲んでるなんて、夢みたいですね」

ぼくは言った。

「ほんとにね」

一瞬、ぼくの脳裏に、あの白い雪の色が蘇《よみがえ》り、ごうっと、低く雪崩の音が聴こえたような気がした。

――見ることのできなかった、鶴の白い色。

飲みながら、隊長は、あれからのことを、詳しくぼくに話してくれた。

ぼくらが山を降りてから、三日後に、空が晴れた。

そうして、彼等は再び登頂を始めたのだという。

鶴が飛んだのは、その最中だった。

百羽近い鶴の編隊が、マナスルの肩に近い青空を舞った。

「ため息が出たよ」

隊長は、酒を飲みほして、静かにつぶやいた。

キャンプ3《スリー》にいた隊員のひとりが、その鶴の姿をカメラに収めた。

そして、その日に、雪崩がキャンプ3《スリー》を襲ったのである。

シェルパ一名が死に、隊員の半数が、流されて傷を負った。

夕刻、皆で食事の支度《したく》をしている時だったという。あっという間のでき事であったらしい。

　どん、
と上の方で破裂したような音がし、隊長が見上げた時には、白い煙が、上方から、静かにするすると斜面を滑りおりてくるところだった。

「きれいだったな」

　ぽつりと隊長は言った。

　全員が、斜面を横に走って逃げた。外で食事の支度をしていたのが幸いしたのだ。中くらいの雪崩で、しかも端であった。そうでなければ、全員がやられていたはずだという。

　死んだシェルパは、たまたま、失《な》くなったガスボンベを新しいものととりかえるため、テントの中に入っていたのだという。

　不運な事故であった。

　結局、その遠征は失敗に終ったのだった。

「死んだシェルパなんだけどね――」

　雪崩に流されて死んだそのシェルパの名を聴いて、ぼくは驚いた。

　それが、あのドルジだったからである。

どうやら、ドルジは、あのカパーラをザックに入れたまま、死んだらしい。

いきなり来た雪崩の端に、隊員たちのテントが巻き込まれ、中心に近い場所にテントを張っていたドルジが、逃げ遅れてそのテントごと、最後まで止まらずに流され、下方のクレバスにテントと一緒に落ちてしまったのだという。

カメラの機材も何もかも、ほとんど回収できずに、雪の中だという。

だから、ドルジも、カパーラも、鶴の姿の映ったフィルムも、あの天に近い氷河の中に今も埋もれたままだ。

山の時間の中に埋もれたまま、長い刻《とき》を過ごし、やがて、二万年もたてば、彼等は一緒に、その氷河の末端に流れつくことだろう。

檜《ひ》垣《がき》——闇法師——

かの後撰集《ごせんしふ》の歌に、「年経《としふ》ればわが黒髪も白河《しらかは》のみつはぐむまで老いにけるかな」と、詠《よ》みしもわらはが歌なり。昔筑前《むかしちくぜん》の太宰府《だざいふ》に、庵《いほり》に檜垣《ひがき》しつらひて住みし白拍子《しらびやうし》、後《のち》には衰へてこの白河のほとりに住みしなり。

世阿弥《ぜあみ》作・謡曲『檜垣』より

序の舞

深い、杉《すぎ》の森であった。

植林された杉ではない。

原生林である。

生え方が不規則だった。

しかし、どの杉も太い。大人が抱きついても幹に手が回らないものばかりである。その太い杉の中に、さらに太い杉が混じっていた。中には、数人の大人が手を広げなければ、とても囲みきれないものさえあった。

樹齢千年を越える杉ばかりである。

夜――。

その森の底を歩いている者がいた。

男と女。

男の方は僧形《そうぎょう》であった。

墨染めの法衣――を身にまとっている。

女は、まだ若かった。やっと二十歳を過ぎたくらいに見える。ジーンズをはき、上に、淡い黄色のカーディガンをはおっていた。左手に、小さな灯《あか》りを握っているが、その灯りは、夜の暗さを確認するくらいの役にしかたっていない。

月光が、青い柱のように、天から垂直に森の底に届いている。

しかし、月光が届いているのは、上にかぶさった杉の梢《こずえ》がまばらになっている、ごく一部の場所だけである。

わずかに女の手の中に灯りはあるが、真の闇《やみ》に近い。

濃く、植物の香気が闇に溶けていた。

その闇と、森の冷たい大気とが、奇妙に粘液質なもので、ひとつになっている。

その粘液質なもの――闇の中に溶けた、匂《にお》いの微粒子のようなものだ。

湿った土の匂い。

黴《かび》臭いような、菌類の病的な匂いが、その中に混ざっている。森の底に何層にも堆積《たいせき》した植物の落葉が、土の中で腐れてゆく匂いだ。

森が、自らの肉を、長い時間をかけて貪《むさぼ》り、消化してゆくその匂いである。

それが、闇に溶けて、森の大気に重くよどんでいるのであった。
その匂いが、森を歩くふたりの男女の鼻孔にも、薄く届いている。
細い道であった。
森の下生えが左右からかぶさっている。
月があるとはいえ、闇の中では、どこにその小径《こみち》があるのかまるでわからない。
僧形の男が、先を歩いている。
男にとっては、何度も歩き、通い慣れた道らしかった。
後方の女よりも、足どりがしっかりとしている。
下生えに溜《た》まった夜露で、女のジーンズが濡《ぬ》れ、膝《ひざ》から下の布地が重くなっていた。
「まだ？」
と、消えそうな声で、女が、僧形の男の背に声をかけた。
――まだだ。
そう答えるように、男の背が無言で先へ進んでゆく。
女の腰がひけて、足どりが遅くなっている。
――この暗い森の中をどこまでゆくのか。
その不安が、自然とその足どりに現われていた。

これ以上先へは行きたくないが、かといって、独りでこの森の中を帰れるわけではない。だんだんと森にからめとられてゆくような恐怖が、女を包み始めている。

山の、内臓のような森であった。

その内臓の奥へと入り込んでゆくうちに、この森がとろとろと吐き出す胃液のようなものが自分の肉体に染み込み、自分の肉体は溶けてしまうのではないか——。

森に倒れ、木の根や蔦《つた》や苔《こけ》に、自分の肉や骨がからめとられ、森に喰《く》われてしまうのではないかと思う。

細い菌糸が細胞のひとつずつにまで伸び、無数の虫が肉の中を這《は》いまわっているような感触を、女は味わっていた。

いつの間にか、男の手が、後方の女の手を握っていた。

女の手は、冷たく汗ばんでいた。

「——もう、桜は見なくていいわ」

女の声には、怯《おび》えがあった。

肌《はだ》の白い女だった。その白さが闇に浮いている。

「もうすぐだ」

僧形の男が、後方を振り返らずに答える。

その声が、ややかすれていた。

女がそう言ってから、男が唇《くちびる》を開くまでに、いくらか時間がかかった。

「でも——」

「すぐさ」

そう答えた男の声が、さらにかすれていた。

乾いた喉《のど》へ、唾液《だえき》を送り込もうとして、その喉の動きができずに発したような声だった。

女が、男の手の中から、自分の手を引き抜こうとした。その手を、男の手が、逃がすまいとさらに強い力で握った。

女の身体《からだ》が、よろめいて、大きく前へ泳いでいた。

男に強く手を握られたはずみに、草の中に隠れていた木の根か何かに足をとられたらしい。

胸から、男の身体にぶつかった。

女の右手が、男の手からはなれていた。左手から、握っていた小型の懐中電灯がはなれ、宙でその灯りがくるりと回って草の中に落ちた。

石と金属とがぶつかる音が響き、それに、小さくガラスの砕ける音が重なった。

灯りが消えていた。

それまで灯りが照らしていたささやかな透《す》き間《ま》を埋めるように、一層濃い闇が押し包んだ。

女は、僧形の男にしがみついて、小さく喉で声を押し殺した。

しん、と暗い森が、ふたりの肉体を包んでいた。

女は、ゆっくりと男から身体を引き離そうとした。

女の身体は、動かなかった。

男の両腕が、女の身体を、抱え込んでいたからである。不自然なほどの力が、その腕にこもっていた。

女は無言で男の腕をほどこうとしたが、できなかった。

「はなして――」

女が、低く言った。

男は無言だった。

腕の中で、女の身体の位置を変えた。自分の身体の正面と女の身体の正面とが重なるようにした。

男の、汗の臭《にお》いのする懐《ふところ》に、女の顔が埋《うず》められた。女が顔をそむける。そむけた顔を起こして、男に何か言おうとした。

その開きかけた唇を、上から降りてきた男の唇が塞《ふさ》いだ。

女が、顔を右にそむけた。そむけた女の唇を追いきれずに、男の分厚い唇が、女の唇の左端から女の右頬《ほお》を動いた。

「いやよ」

そう言いかけた女の頬が鳴った。

男が、平手で殴ったのである。かなり力がこもっていた。

その一撃で、女の口の中が切れたらしい。女の唇の端から、血の赤がのぞいた。

ひるんだ女の脚に自分の脚をからめて、男は、女を草の中に押し倒した。

森の体液が染み込んだ土と草の匂いが、ふたりの口から鼻から、その体内に入り込んだ。

そのまま女にのしかかった男の頭に、鈍い音があがった。熱い痛みが、男の頭部にあった。

また叩《たた》かれた。

女が、右手に何かを握っていた。

さっき、落とした懐中電灯であった。男に押し倒された時に、偶然、草の中に落ちていた懐中電灯を拾いあげたらしい。

男は、額に、くすぐったいような感触を覚えていた。その感触が、するすると毛を剃《そ》った頭から額に流れてくる。それは、額から、右眼と鼻の間の溝《みぞ》へと伸び、一瞬そこへ溜まってから、唇の端へと流れ落ちた。

唇に届いたそれを、男は舌で舐《な》めとった。

血の味がした。

懐中電灯に残っていたがラスの破片で切ったらしかった。

また叩かれた。

男は、拳《こぶし》で、おもいきり女の頬を殴った。

三度殴った。手加減ぬきの力がこもっていた。女の動きが止《や》んでいた。

「殺すぞ」

男が呻《うめ》いた。

その脅しが、女を静かにさせるのとは逆の効果をあげていた。自分の額に手をあて、呼吸を整えている男を、下から、凄《すご》い力で跳ねあげた。体勢を崩した男の下から、女が、肩と肘《ひじ》で這《は》い出していた。

四つん這いで追おうとした男の顔を、女のはいていた靴の底が蹴《け》った。ちょうど鼻柱であった。

「ひいっ」

声をあげて、女が立ちあがっていた。

転げるように走った。

凄《すご》い疾《はや》さであった。


女は、顔をひきつらせて走っていた。

捕まったら殺される——

そう思っていた。

黒くそびえている樹《き》の幹だけをよける。樹にはぶつからなかったが、草の中の木の根や石に足をとられた。

何度も転がった。

転がる度に、濃い土の腐臭を嗅《か》いだ。肉体を痺《しび》れさせるような、甘い匂いだった。

それに薄く混じる、自分の汗と血の匂い。

あちこちにすり傷や、打撲《だぼくしょう》傷を受けていた。

倒れる度に、草や、石や、根で顔や手に傷がつく。全身が熱く火照《ほて》っている。

全身が森にまみれていた。

肺が、激しく上下している。

どこをどう走ったのか、わからなかった。

ふわっと、自分の身体が、何か白い柔らかな光に包まれたような気がした。

その時、また、足が何かにつまずいた。

前へつんのめった。

胸を、強く堅いものが打った。

息ができなかった。

顔に、冷たい風が吹いていた。

前に出した手の指先が、何もない空間を泳いでいる。

崖《がけ》であった。

遥《はる》か下方の闇の中から、水音が聴こえていた。手前でつまずかなければ、この崖に気づかず、そのまま闇の宙空に飛び出していたに違いなかった。

胸の下に抱えているのは、太い木の根であった。

ゆっくりと、仰向《あおむ》けになった。

白い闇が、そこにあった。

桜であった。

満開の桜が、仰向けになった女の視界を塞いでいた。

凄い量の花であった。

背筋が凍るほどであった。数千、数万、数千万の花びらが、しんしんと夜空をおおい、わずかな谷の微風に小さくそよいでいた。

真上に、月があった。

青い、たまらないほどの月であった。

濡れたような月光が、花びらを透かして降りてくる。

月光が、桜の花びらに触れ、さらに玄妙なものとなって、花びらの下の空間を包んでいるようであった。

この光に包まれた瞬間、一瞬、自分の肉体から重さが消えたような気さえした。

みごとな桜の巨木であった。

その桜が、崖の縁に大きく根を張って生えているのだった。

谷の空間に向かって、大きく枝が張り出していた。

まるで、谷にむかって身を投げかけようとしているように見えた。

黒い影が、上から見降ろしていた。

その影が、自分をまたぎ、ゆっくりと体重をあずけてきた。

声を出そうとした。

声が出なかった。

いや、出したつもりなのだが自分の耳にその声がとどいてこないのだ。しんと澄んだ桜の花びらが、自分の声を吸い取ってしまったのだと思った。

男の両手が、自分の首にまわされ、その手にゆっくり力がこもってきた時も、まだ、女は桜に見とれていた。


栄鎮《えいちん》は、伊藤弓子《いとうゆみこ》の白い身体の上で、二度、果てていた。

弓子は、全裸にされていた。

仰向けになった弓子の上に、男の身体がかぶさっている。

弓子は、まだ、目を開いたまま桜を見あげていた。

栄鎮は、弓子の胸に、右頬をあずけていた。

栄鎮の耳には、もはや、弓子の心臓の鼓動は届いていない。

栄鎮には、まだ、弓子が死んだのだということがわからなかった。

しかし、右耳をあてた左の乳房からは、どんな音も届いてはこない。自分の下の女の身体から、どんどん体温が逃げていくのがわかる。

殺すぞ——

口ではそう言いはしたが、殺すつもりではむろんなかった。今だってそうだった。弓子の首に両手をまわして力をこめた時でさえ、弓子が抵抗し、恐怖の色さえ見せてくれたら、それでやめていたはずなのだ。しかし、弓子は、わずかの抵抗しかしなかった。

死んでゆく人間の抵抗ではなかった。

首を締められながら、まだ弓子は、桜を見上げていたのだ。

倒れた時に頭でも打っていたのか——。

弓子が、今見上げているこの桜を、見に来るつもりだったのだ。

寺の裏手の谷あいに、みごとな桜があるから、それを見に行かないかと弓子を誘ったのは栄鎮である。

ふたりでと、そう弓子には告げてあった。

それが、どういうことを意味しているのか、理解できるだけの年齢のはずだった。

栄鎮は、呆《ほう》けたように、弓子の上にかぶさっていた。弓子を抱いた一度目の時も、二度目の時も、弓子がほんとうに死んだとは思っていなかった。自分が放った後で、弓子がむっくり起きあがってくるものと思っていた。

その弓子が起きあがってこない。

それが信じられなかった。

黒々と、深い淵《ふち》のように開いた弓子の瞳《ひとみ》を見れば、とてもそれが死体のようには見えない。

騙《だま》されているような気がした。

弓子の、右の乳房が、左の胸に右耳をあてている栄鎮の眼に見えている。

その白い肌の上に、赤い筋が走っている。

栄鎮の鼻や口から流れた血であった。

乳房に舌を這わせ、乳首を唇に含んだ時についたのだ。

一枚の桜の花びらが、栄鎮が見ている弓子の右の乳首の上に、ひそと舞い降りてきた。

その、ひそやかなあるかなしかの衝撃で、弓子の呼吸がもう一度始まりそうな気さえした。しかし、弓子の呼吸は始まらなかった。

始まったのは、深山の、暗い谷の呼吸であった。

さわさわと、頭上で、桜の花びらが揺れ始めた。花びらと花びらとが触れ合う音——それがはっきり耳に届いているのかどうかはわからなかったが、栄鎮は、大きなうねりをその耳に聴いていた。

谷の底から、暗い風が呼気のようにたちのぼってきたのである。

不思議な気配が、谷から、満ち始めていた。

花びらの揺れが大きくなっている。

谷へ張り出した枝が、闇の宙空でゆるやかにうねっていた。眼に見えない谷の呼吸に、そのリズムを合わせ始めたかのようであった。

――と。

顔をあげた栄鎮は、不思議なものを、その谷の宙空に見ていた。

白いものが、ぼうっと、宙に浮いているのであった。

朧《おぼろ》な燐光《りんこう》を放つ、何かの影――。

栄鎮は、初め、それが対岸にある桜かと思った。ちょうど、谷をはさんだ対岸の斜面の同じ高さの所に、やはり、ここと同じような大きな桜の巨樹が生えているのである。

しかし、そうではないらしかった。

その桜の白い影ならば、対岸のそのあたりに、月光に濡れそぼってぼうっと見えている。

栄鎮が眼にしたものは、対岸の桜の枝先と、こちらの桜の枝先とが、ちょうど触れ合うくらいの中間あたりの宙に浮いているのである。

水音が聴こえていた。

谷川の瀬の音である。

そして、どうどうという、低いこもった音――。

谷は、ふたつの桜に挟《はさ》まれた場所から、右手の上流に向かって急速にせばまって、滝壺《たきつぼ》になっているのである。

低い音は、その滝の音であった。

栄鎮は息を呑《の》んでいた。

宙に浮いたその白いものが、人間であったからである。いや、人間の形をしたものであったからであった。見ているうちに、それが人間になったのか、それが人間の格好をしていることにその時気がついたのかはわからなかった。

〝わたくしを見なさい〟

声が聴こえた。

いや、声ではなかったかもしれない。声ではなくて、そういう意味の言葉が、直接自分の頭の中に響いてきたようだった。それすらも錯覚と思えなくもなかった。

桜の花びらの触れ合う音が、そう、自分の耳に聴こえたのかもしれなかった。

栄鎮は見た。

見ると、それはますます、はっきりと人の姿のように見えた。

白い服を着た女のようであった。

それも、洋装ではなく和装のようだった。

頭から、絹のような、白い薄い布をかぶっていた。
顔は、見えなかった。
何か、面《めん》のようなものをつけているらしかった。
白い着物の下に、袴《はかま》と見えるものをつけていた。
――女か。
と、栄鎮は思った。
〝見るのですよ――〟
と、頭上で桜の花びらが触れ合った。
〝見て〟
〝見て〟
〝見て〟
と、花びらがさざめく。
栄鎮は見ていた。
それから、眼がはなせなかった。
朧な燐光に包まれた女の身体がゆらりと動いた。
ゆるゆると小手があがってゆく。

それが、伸びた桜の枝先の花に触れる。

小手が、白くひらりと返った。

花びらが、ひらと、一枚だけ闇の宙に舞った。

谷に、天から滑り降りてきた月光の中であった。

その月光を浴びて、女が舞っていた。

谷の両岸から伸びた桜の枝が触れあう闇の中である。その闇の中で、朧に光りながら、女が、奇妙なおどろの舞いを舞っていた。

栄鎮は立ちあがっていた。

魅せられたように、女の舞うのを見ていた。

舞楽の踊りのようでもあった。きちんとした型があるようでもあり、ないようでもある。

宙に浮いた見えない円を、ゆるゆると全身を使ってなぞってゆくようであった。

苦しみ、悶《もだ》えている人間の動きを、その速度を何十分の一にも落として、真似《まね》てみせているようでもあった。

女が顔にかぶっているのは、能で使用される小面《こおもて》のようであった。

女の動きを煽《あお》るように、左右の桜の枝が、花を揺らして上下する。宙に舞う女の姿は、そのふたつの枝によって起こされた風に踊る、薄い、人形《ひとがた》をした紙のようであった。

女の手や身体が触れる度に、ひとつ、またひとつと、枝から花びらが離れてゆく。

女の動きがゆっくりと速くなってゆく。

枝の揺れが大きくなる。

その動きに誘われるように、栄鎮は、足を一歩前に踏み出した。

その時であった。

女がかぶっていた小面が、その顔からはずれていた。

「ひ」

と、栄鎮は小さく息を呑《の》んでいた。

栄鎮の顔が青ざめていた。

頬《ほお》に、ひきつれが走った。

栄鎮は、眼を大きくむいて、小面の下から現われたその顔を見つめていた。

栄鎮は逃げようと身体を動かした。

その瞬間、足元の地面が音をたてて崩れていた。

栄鎮は、自分の体重が消失するのを感じていた。

次に栄鎮が感じたのは速度と、風であった。一瞬、闇の中に糸を引く悲鳴を聴いた。その悲鳴が、自分の口から洩《も》れたものだとは栄鎮は気づかなかった。

どっと、全身に衝撃が叩《たた》きつけてきた時、栄鎮は、悲鳴が自分の肉体に向かって小石のように落ちてくるのを感じていた。

同時に肉体に届いてきたものを、時間をずらして感じているのである。

悲鳴は、自分の唇に落ちてきて、そして止まった。


まだ、栄鎮は生きていた。

崖から下へ落ちたのだということはわかっていた。

動かそうとしても、身体が動かない。

右手に、何かを握っているらしいが、眼すら開けることができなかった。

岩の上へ、落ちた姿勢のまま仰向けになっているということはわかる。

背骨が折れているらしい。口から、どくどくと生温かいものがあふれ、喉《のど》を伝っているのがわかる。血だろうと思った。その同じものが、気管から肺の中にまでどくどくと入り込んでいた。しかし、むせることすらしなかった。

自分は、呼吸をしていないのだと思った。

——じきに死ぬ。

そういう状態にあるらしかった。

ひっそりと、自分の右横に、何者かが立つ気配があった。

——誰だろう?

その何者かが、凝《じ》っと、自分の顔を見降ろしているのが気配でわかった。

長い時間が過ぎた。

いや、ほんとうは、ごくわずかな時間であったのかもしれない。

しわがれた、女の声が、とどいてきた。

「見たのね……」

と、声はそれだけを言った。

また時間が過ぎ、栄鎮は、自分の右眼のまぶたに、何かが触れるのを感じた。乾いた指のようであった。

何者かが顔を近づけているらしく、その呼気に似たものが、さやさやと顔に届いている。細い蜘蛛《くも》の糸で顔を撫《な》でられているようだった。もう死ぬというのに、奇妙にその感覚が鮮明だった。

ゆっくりと、まぶたが上下に押し広げられた。

広げられた途端に、温かなものがめだまにかぶさってきた。

唇と、舌であった。

強く吸われていた。

一の舞

広い部屋であった。

二十畳敷きくらいの和室である。

家具や調度品の類《たぐい》は、何も置いていない。染みの浮き出た土色の壁と、墨一色で松の描かれた襖《ふすま》とで囲まれているだけである。その襖の絵も、色褪《あ》せて、黄色い染みが浮いている。

太い、木目の浮き出た黒い梁《はり》が、天井に走っている。

簡素すぎるほどの部屋であった。

敷かれている畳も、すっかり色が褪せて、黄色くなっている。

部屋の二方が壁、一方が襖である。

残った一方が障子戸であった。

その障子戸が、左右いっぱいに開けられていた。

その部屋で、ふたりの僧形の男が、開け放たれた障子戸を横に見るかたちで向かい合っていた。

座蒲団《ざぶとん》を使ってはいない。どちらも、直接擦《す》り切れた畳の上に座っている。

一方が、正座をしており、一方が胡座《あぐら》をかいている。

正座をしている僧の方が、開いた障子戸を右手に見、胡座をかいている僧の方が、障子戸を左手に見るかたちである。

部屋の奥に、鉄製の灯《あか》り皿《ざら》が立っていて、その上に太い蠟燭《ろうそく》が立てられていた。灯りは、蠟燭が一本だけであった。

天井から、裸電球がひとつぶら下がってはいるが、電球に灯りは点《とも》ってはいなかった。

正座をしている僧が、きちんとした法衣を着ているのに比べ、胡座をかいている僧の方は、やっと法衣と呼べる程度のものを、身にまとっているだけであった。古い、藍染《あいぞ》めの法衣であった。ふたりのいる部屋以上に色褪せ、もとの色がすっかり抜け落ちている。

ぼろと、そう呼んでもかまわないくらいのものであった。

その僧の両足首から脛《すね》近くまで、まだ脚絆《きゃはん》が巻いてあった。足首から先は、素足である。

嫋々《じょうじょう》と、部屋に、琵琶《びわ》の音《ね》が満ちていた。

ぼろをまとった方の僧がひいているのである。

開け放たれた障子戸の向こうは廊下で、その廊下のむこうは庭であった。

庭の闇《やみ》の中に、満開の桜が一本、立っていた。

天から降りてくる月光に、その桜が闇に浮いて見える。

琵琶の音に合わせるように、闇の中でしずしずと桜が散っている。

外の冷気が、部屋の中にまで入り込んでいた。

ぼろをまとった僧——その琵琶法師の膝先《ひざさき》に、古い、麻の頭陀袋《ずだぶくろ》が無造作に置いてあった。ほとんど中にものが入っていないらしく、頭陀袋は、ただのぼろ屑《くず》と同じに見えた。

正座をしている僧は、きちんと頭を剃《そ》っていたが、まだ半分旅姿の琵琶法師の方は、そうではなかった。一見は、きちんと剃髪《ていはつ》しているようであるが、それは、頭を剃っているのではなく、毛がないためであった。毛髪を剃り残した跡が、まるでない。

両耳の周囲に、わずかに白髪《しらが》らしきものがからんでいる。

正座をしている僧の方は、六十代の半ばくらいに見えた。

柔和《にゅうわ》と、そう呼んでもいい皺《しわ》が、眼の周囲に刻まれている。

闇に散る桜の花びらの音を聴こうと、凝《じ》っと耳を澄ませているように見えた。撥《ばち》からはじき出された琵琶の音が、一枚ずつの花びらを涅槃《ねはん》に誘っているかのようだった。

肯《よし》。肯《よし》。肯《よし》。

と、そう琵琶の音は言っているようである。

肯《よし》――

と、琵琶が鳴る。

静《しず》――

と、花びらが舞う。

花びらが散るから琵琶が鳴るのか、琵琶が鳴るから花びらが散るのかわからなかった。

外から入り込んでくる深山の冷気に、薄く、香の匂《にお》いが溶けている。密教系の、黒沈香《こくじんこう》の匂いに似ていた。

刻《とき》の中にまで染み渡り、過去や未来までの時間を、現在《いま》という時《とき》の中に溶け込ませてしまうような匂いであった。

時間が、この部屋の中では静止している。

ただ、撥だけが動く。

桜が散る。

桜が散り終えるまでは、他の一切の時間は静止し続けているように思われた。

花びらが散る。

蠟燭の炎が小さく揺れる。

その灯りが、琵琶法師の顔に映り、そこに影を揺らす。

盲目の法師であった。

心持ち、顎《あご》を前に突き出すようにして、顔を上げている。まぶたを閉じてはいるが、そのまぶたが、時おり持ちあがる。その下から、白く濁った眼球が覗《のぞ》く。

鳥に似た頸《くび》が、折れそうなほど、細い。

顔に深い皺が刻まれていた。顎の下に、ゆるんだ皮がわずかに垂れている。老人と見えるが、どれほどの年齢であるのか、その見当がつかなかった。

撥を握る手にも、皺が浮いていた。

眼の前の、正座した僧と同じくらいにも、それ以上にも見える。

眉《まゆ》がない。

そのため、どこか人間離れした相貌《そうぼう》を、その琵琶法師はしていた。いや、その琵琶法師が人間離れしたように見えるのは、眉がないためばかりではなかった。

その琵琶法師には、両耳がなかった。

両耳のあった痕跡《こんせき》を示すように、その部分の肉と皮が、指でつまんでねじったように、よじれ、その中央に、ぽつんと黒く穴が空《あ》いている。
淡々と琵琶を弾く——。
法師の唇《くちびる》から洩《も》れる声は、不思議と、どこか艶《つや》っぽい。

〽遠山にかかる白雲は、散りにし花の
形見なり、青葉に見ゆる梢《こずえ》には、春
の名残《なごり》ぞ惜しまるる——

『平家物語』十二巻の後に特に加えられた『灌頂巻《かんじょうのまき》』の一曲、『大原御幸《おはらごこう》』一節であった。
平家琵琶では、普通の平曲《へいきょく》をひと通り習得し終えた者でなければ教えない、秘曲であった。

〽池水に、汀《みぎわ》の桜散りしきて、浪《なみ》の
花こそ盛りなりけれ——

法師の声が、そこでひときわ高くなり、撥が嫋《じょう》と弾く。

〽経《ふ》りにける岩の絶え間より、落ちく
る水の音さえ、故《ゆえ》び由《よし》ある所なり、
緑蘿《りょくら》の垣《かき》、翠黛《すいたい》の山、絵にかくとも
筆及び難《がた》し。さて女院《にょういん》の御庵室《あんじつ》とご
覧ずれば、軒口には蔦《つた》朝顔はいかかり、
忍《しのぶ》まじりの萱草《わすれぐさ》、瓢簞《ひょうたん》屢《しばしば》空《むな》し、草《くさ》
顔淵《がんえん》が巷《ちまた》に滋《しげ》し、藜藿《れいじょう》深く鎖《さ》せり、雨《あめ》
原憲《げんけん》が枢《とぼそ》を湿《うるお》すとも謂《いい》つべし……

琵琶に合わせ、深山の霊気が、ひしひしと部屋の周囲に集まっていた。

闇に、微《かす》かな圧力が生じていた。

舞い落ちる桜の下に、その霊気の圧力が凝《こ》ったように、そこに、白いものが浮いていた。

ぼうっとした、人の影《かたち》をしたものであった。

それが、琵琶に合わせて、ゆるゆる舞っている。

しかし、舞い落ちる桜の花びらにはわずかの変化もない。

嫋々とすすりあげ、ふいに、これまでつむいできた糸を断ち切るように、琵琶の音が止んだ。

刻が、ゆっくりと部屋の中に流れ始めた。

二の舞

「久しぶりに聴きました……」

法師に、と言うより、自分に向かってつぶやくように、僧が言った。

法師は答えない。

弾き終った姿勢のまま、琵琶を抱えている。

全長、二尺七寸──八十センチほどの琵琶であった。

普通の琵琶よりも、ふたまわりは小さい。

笹琵琶《ささびわ》よりも、ややふくらみが大きい。雅楽琵琶の丸みを残したまま、笹琵琶の形状を真似《まね》たようであった。

古い琵琶であった。

紫檀《したん》材で造られたものらしいが、腹板の表面には木目が浮いている。腹板の上方に、弦を挟《はさ》んで、半月と呼ばれる音穴が空いている。日月《にちげつ》の音穴であった。

一方の音穴が日を模した円形をしており、一方の音穴が、月を模した半月形をしている。

「唐から伝わった『流泉《りゅうぜん》』や『啄木《たくぼく》』の秘曲もまた、このような弾法でありましたか――」

僧が言った。

法師は、顎《あご》を、わずかに斜め上方に持ち上げたまま、黙っている。

半眼の白く濁った眼が、まぶたの中で動かない。

僧は、法師へむかって言ったのではなかった。己れの感慨をのべたのである。その思いの余韻が、薄く夜気に溶けて消え去るまでの間を待つように、法師は無言だった。

今は、名のみ残されている『流泉』や『啄木』の秘曲を、この法師ならば知っているかもしれなかった。

「いま……」

と、法師のその唇《くちびる》がようやく動いた。

言葉を発するのに、最小限の唇の動きしかしなかった。

「いま、来ましたね」

低く囁《ささや》いた。

「来た？」

「桜の下に――」

法師がつぶやいた。

法師の言葉の意味を、僧は理解したらしかった。

「あれが、見えるのですか――」

僧が言った。

肯とも否とも答えず、法師は、顎をわずかに上げた顔の位置を動かさず、最小限度の唇の動きで微《かす》かに微笑したようであった。

「あれは時々、この庭までやってきます。しばらくは見なかったのですが――」

僧がつぶやいた。

庭に視線を向ける。

琵琶の音が止《や》んだ時から、散るのを止めていた桜の花びらが、その視線を受けて、一枚だけ、ひらと枝を離れた。

「あれ《い》のために、わたしが呼ばれたのでしょう――」

法師が言った。

僧が、うなずいた。

「わたしがこの寺に来た時から、いえ、それよりもずっと以前から、あれ《い》はこの山に住んでいるのですよ――」

「――」

「あれ《い》は、女です」

小さく息を止め、腹に溜《た》めたそれを、そろりと吐き出すように僧が言った。

「出るのは、決まって、わたしが独りの時です。代々、この寺の住職が、やはりそうだったと聴いています――」

嫋《じょう》、と、琵琶が鳴った。

「昼に出る時も、夜の時もありました。昼の時の服装は、いつも同じです。平安朝のころのものでしょうか、白い単《ひとえ》に、薄青い袴《はかま》をはき、草色の袿《うちき》をはおった老女です」

僧の語りに合わせるように、琵琶が鳴る。

「こう、水の入った手桶《ておけ》を下げ、寺に入ってくるのです。わたしなどいないかのようにです。品のいい老女ですよ。初めは、本当に生きた人間のように見えましたが、すぐに、そうではないのがわかりました。歩く音がしないのです。すれちがって振り向くと、もう、そこにいないのですよ。その後、決まって、後で見にゆくと、墓の中にある石のひとつが、水をかけられて濡《ぬ》れているのです。夜は、どうかすると、白いものが、その墓の前で踊っているのです。恐ろしいような、美しいような、不思議な眺《なが》めですよ、あれは――」

琵琶が鳴り、桜が散る。

「一度だけですが、女と、話をしたことがあります。手桶を下げた女とすれちがう時に、声をかけたのです。わたしに、何かしてあげられることはないかと。その時、初めて女が立ち止まり、わたしを見ました。しばらくわたしの顔を見つめてから、女は小さく首を振りました。それっきりです。わたしが女と会話らしいものをしたのはその時だけで、それから後は、いくらわたしが話しかけても駄目《だめ》でした――」

嫋。

嫋。

と、琵琶が鳴る。

静《しず》。

静。

と、桜が散る。

「この山には、昔から妖物《ようぶつ》が出ると言われています。何年かに、ひとりかふたり、山に入った人間がもどってこないことがあるのです。そのうちの半数は、どうかした偶然に、見つけられるのですが、それは死体で、しかもきれいに目玉がなくなっているのですよ。舞を舞う女の妖物だと言われているのですが、それが、時おりこの寺にやってくる老女だとわたしは思っています。寺に、その妖物がやって来るのを他言するのは、今日が初めてです。しかも、この庭まであれがやってきたのも初めてです。ふたりの時に、あれが姿を見せたのも、今晩が初めてですよ――」

嫋。

静。

嫋。

静。

「――一年ほど前から、寺に、客を泊めるようになりまして、若い僧を数人、使っていたのです。それが、三日前の晩、僧のひとりが、客の娘を誘って、夜、桜を見に行こうと外へ連れ出したのです。娘の連れの話では、そういうことらしいのです。ふたりは、翌朝、死体となって発見されました。ふたりがもどってこないので、翌朝、捜しに行ってわたしが見つけたのです。この寺の裏手から上に登った谷に、小さな滝がありまして、その左右の崖《がけ》からみごとな桜がはえているのですが、娘の方は、その一方の桜の樹《き》の根元で、僧の方は崖下の岩の上で倒れていました。娘の方は首を締められて殺されていたのですが、僧の方は――」

そこまで言って、老僧は口をつぐんだ。

しばらく琵琶の音に耳を傾けているようだった。

やがて、その琵琶の音に誘われるように、また語り出した。

「――僧の死体からは、きれいにふたつの目玉が抜きとられておりました」

嫋。嫋。嫋。嫋。

静。静。静。静。

嫋。嫋。嫋。嫋。

静。静。静。静。

嫋静嫋静嫋静嫋。

静嫋静嫋静嫋静。

嫋静嫋静嫋静嫋。

静嫋静嫋静嫋静。

嫋嫋。

静静。

嫋。

静。

嫋。

静。

静。

嫋。

静。

静。

静。

静――


いつの間にか、琵琶の音が止んでいた。

琵琶が止んでも、まだ、静静《しずしず》と桜の花びらは散り続けていた。

「今のが『流泉』です……」

ぽつりと、法師が言った。

濁った眼を開いて、遠くを見ていた。

普通の光は見えなくとも、闇ならば見ることができるような眼であった。

その時、琵琶法師の懐《ふところ》から、小さな獣が顔を覗《のぞ》かせた。

オコジョと呼ばれる、小獣に似た獣であった。

鼬《いたち》に似たその顔は、しかし、オコジョではなかった。オコジョにしては、やや鼻が尖《とが》っており、小さかった。

するりと、その獣が、懐から抜け出した。

尾の先まで入れても二〇センチに満たない小動物が、琵琶の上を這《は》い、褐色《かっしょく》の炎のように、素速く、覆手《ふくじゅ》の影に潜《もぐ》り込んだ。

覆手というのは、琵琶の腹板の下方の上に取りつけられた、弦を通す通弦孔を持つ板である。その陰になった部分の腹板には、正面からは見えない隠月《いんげつ》と呼ばれる音穴がある。

小動物は、その音穴から琵琶の中に潜り込んだらしかった。

「今のは？」

と、僧が訊《き》いた。

「くだぎつねです」

法師が答えた。

「くだぎつね？」

「わたしの、眼《め》です」

そう言って、法師は、その隠月をふさぐように、そこに撥《ばち》をはさんだ。

三の舞

薄い蒲団《ふとん》の中に、縮こまるようにして、法師は横になっていた。

閉められた障子戸の方に、丸めた背を向けている。

先ほどと同じ部屋である。

眠っているのは、法師ひとりであった。

いや、眼を閉じてはいるが、眠っているのかどうかはわからない。

外の闇《やみ》の中をひそひそと散ってゆく、桜の花びらの気配を、その穴だけの耳で聴いているのかもしれなかった。

しんしんと、山の冷気が、障子を透かして部屋に入り込んでくる。

障子に、桜に反射した月光が差している。

その障子の陰に、気配があった。

庭の桜が、忍びやかに、障子の陰まで忍び寄ってきたような気配であった。

「おやすみでございますか――」

声ともない声であった。

桜の花びらが、障子に触れているかのようだった。

法師は答えずにまだ眼を閉じていた。

「おやすみでございますか――」

桜が、闇を呼吸するような呼気で、また同じことを言った。

「来ましたね……」

と、横になったまま法師が言った。

「はい」

声が答えた。

「先ほどの琵琶ですが、あれはどういう曲なのでございましょうか」

声が、『大原御幸《おはらごこう》』の秘曲について問うた。

建礼門院《けんれいもんいん》を歌った曲である。

建礼門院——平清盛《たいらのきよもり》の次女である。名は徳子。治承《じしょう》二年に言仁《ときひと》親皇（安徳天皇）を生んだ女であった。

壇ノ浦で、源氏に平氏一族が滅ぼされたおり、天皇と共に入水《じゅすい》したが、この女院《にょういん》のみ、救助された。

源義経《みなもとのよしつね》に伴われて京に帰り、尼となって、洛北《らくほく》の大原寂光院《じゃっこういん》に、小庵室を設けてそこに暮らした。法名を真如覚。その女院を、文治二年に後白河《ごしらかわ》法皇が訪ねたおりの模様を歌ったのが、『大原御幸』である。

そのことを、法師は短く語った。

「知らぬか——」

そう、声に問うた。

「はい」

「——」

「生前のわたくしの時よりも、後の世のことでございます」

「ほう」

「哀しく、美しい曲でございます」

「そうか——」

「栄華も滅びも、所詮《しょせん》は泡《うたかた》のひとつ。朝《あした》には咲いていた花が、夕《ゆうべ》には枯れて野原に朽ちるのが世のならい。どのような栄達も、若さも、美しさも、ひとつの花の上にいつまでもとどまるものではありません――」

声がとだえた。

ひそひそと、花びらの落ちる気配のみが、闇の中にあった。

女が、泣いているのかと思えた。

やがて、低く、しわがれた声が、小さく歌を詠じ始めた。

年経《ふ》ればわが黒髪も白河の
　みつはぐむまで老いにけるかな

「――御存知かどうか、『後撰集《ごせんしゅう》』にあるこの歌は、わたくしが詠《よ》んだものでございます。昔、筑前《ちくぜん》の太宰府《だざいふ》に、庵《いおり》に檜垣《ひがき》をめぐらして住んでいた白拍子《しらびょうし》が、わたくしでございます――」

声が、淡々と言った。

白拍子――平安の末期に始まった歌舞で、その舞を舞う遊女が、同じその名で呼ばれている。

「わたくしが盛《さか》んな頃《ころ》は、放っておいても男が集まって、わたくしの舞を眺め、わたくしの美しさを口にしたものでございました。しかし、年を経て、この容色が衰えるにしたがい、その数は減り、わたくしのことを口にする男も、いなくなりました。歌に、〝みつはぐむ〟とあるは、ただ水を汲《く》むという意味ではなく、水を汲む時の姿のように腰が曲がり、年老いてしまったと、そういう意味でございます。年老いたわたくしは、人に姿をさらすのがたまらず、庵に閉じ籠《こも》って暮らしていたのですが、そのわたくしを、わざわざ訪ねてきた者があったのです。藤原興範《ふじわらのおきのり》という方で、おきのりは、わたくしの庵にやってきて、水を所望しました。その時に、今の歌を詠んだのでございます。わたくしは、布で顔を隠していたのですが、おきのりは、わたくしが、かつては盛りの時もあった白拍子と知っており、わたくしに、舞を所望したのでございます――」

また、言葉がとぎれ、ひそひそと桜だけが散った。

「――顔を隠してならと、わたくしは舞楽面のひとつ、若い女の面を顔につけて、舞ったのです。ところが、舞の途中で、どうしたはずみか、その面がはずれてしまいました――」

声がとぎれた。

やがて、障子の向こうから、低く、ぐつぐつとたぎるような、獣の声が響いてきた。

呪詛《じゅそ》の声であった。

きりきりと歯の鳴る音がした。

「おのれ、おのれ」

と、しわがれた声が呻《うめ》いた。

「生霊《いきりょう》となってとり殺してくれたわ、おきのりめ！」

また声がとぎれた。

ふたたび、桜の声が響いてきた。

「流れさすらううちに、熊野《くまの》にたどりつき、この上は、女人禁制の高野《こうや》の地で死んでやろうと、山越えをする途中、この山中で屍《かばね》と成り果て、昔の美しかった頃への未練捨てがたく、妖物《ようぶつ》となっていまだこの世をさまよっているのがわたくしでございます」

「時おり、この寺に、手桶《ておけ》を持って来るそうだな――」

「もと、わたくしを葬《ほうむ》りました場所の土の上に乗せられていた石が、この寺の中にあるのでございます。この寺の裏手の谷あいに桜の古木が二本ございますが、そのうちの一本の生えている場所が、わたくしがいき倒れていた場所です。わたくしは、谷をはさんで、むかい側の崖の上に葬られたのですが、気の利《き》いたどなたかが、わたくしを葬った土の上に、あの石と、わたくしが倒れていた場所の桜の枝の一本を差しておいてくれたのです。一方の桜——滝に向かって右側の桜は、そのおりの枝が、どうした加減か根を出し、あそこに育ったものでございます」

法師はゆっくりと、起きあがった。

背を障子に向けたまま、濁った眼を闇の中で開いた。

「わたしに、できることは——」

法師が言うと、声が黙った。

何ごとかを決心したらしく、やがて声が言った。

「あなたは、普通のお方ではない。あなたが呼吸しているのは、わたくしと同じもののような気がします。あなたの琵琶でなら、あるいは、成仏できるかもしれません——」

「——」

「あなたの琵琶を、もう一度聴かせていただけますか——」

「ああ」

「では、明日の正午、今お話し申し上げた、谷の、桜の下までお独りでいらして下さい——」

「わかりました」

「こころして、いらして下さい」

それっきり、声がとだえた。

法師は、ゆっくりと、立ちあがり、手さぐりで、障子に手をかけ、横にひきあけた。

見えないはずの濁った眼を闇の奥にむけた。

法師の足元から、くだぎつねが、法師と同じ方向へ眼を向けていた。

桜の樹の下を、白い影が遠去かってゆくところであった。

薄い草色の袿《うちき》を着た、女の後ろ姿であった。

その姿が、遠去かるにつれて、次第に、変化してゆく。背が、どんどんと前かがみに曲がってゆくのだった。

その姿が、ふっと、闇に溶けた。

冷たい夜気の中から、いっさいの気配が消えていた。

くだぎつねの鼻先の廊下の上に、何かが転がっていた。

くだぎつねが、凝《じ》っとそれに視線を注いでいる。

それは、血にまみれた眼球であった。

法師は、心持ち顎《あご》を出し、まぶたを開いていた。その唇に、あるともないとも見える、最小限のあの小さな微笑が浮かんでいる。

法師は、濁った眼を闇に向けていた。
何も、ない。
その闇の中に、ひそひそと、桜の花びらが舞い落ちるばかりであった。

終の舞

小さな谷であった。
左右から山の斜面が迫っていて、谷の近くで大きく下に切れ込んでいる。
左右の崖《がけ》の地肌《じはだ》は、途中に生えた草木で、半分近く隠れていた。
浅い流れを左に見ながら、法師は岩を巻いて沢を登って行った。
背に、琵琶《びわ》を負っている。
法師の胸元から、あの小さな獣が顔を出していた。
小柄《こがら》な法師であった。
その足に脚絆《きゃはん》を巻き、草鞋《わらじ》をはいている。

その足が、眼が見えるもののように、器用に岩を踏んでゆく。

滝の音が聴こえてきていた。

谷に沿って曲がってゆくと、さらに谷がせばまり、そこに、滝があった。

白い水が、音をたてて、深い、緑色の淵《ふち》の上に落ちている。

その滝の手前の左右の崖から、二本の大きな桜が生えていた。

枝先が、谷の中央で、触れ合っている。

その真下――。

淵に溜《た》まった水が、また瀬となってこぼれ落ちる手前に、大きな岩があった。

その上に、女が座っていた。

ひとひら、ふたひらの桜の花びらが、谷の間の空間に、上にゆくともなく、下に落ちるともなく、舞っていた。

見上げれば、桜の花越しに、蒼《あお》い空が見える。

真上にきた陽光が、岩の上にそそいでいた。

女は、白い水干《すいかん》を身につけ、鮮やかな紅袴《べにばかま》をはいていた。

今、初めて袖《そで》を通したばかりのように、袖も、襟《えり》も形が崩れていない。

頭から、薄《うす》ものをかぶっていた。

黒い、艶《つや》やかな髪が、薄ものの下に見てとれた。

面《めん》で、顔を隠していた。

小面《こおもて》——若い娘を表わす面であった。毛書《けがき》がまっすぐ流れていて乱れがない。赤い唇《くちびる》が、小さく半開きになっている。世の苦しみを知らない処女を表わしているようであった。

その面が、歩いてきた法師に視線を注いでいる。

法師は、歩いてくると、そのまま、下の岩の上に胡座《あぐら》をかいた。

背に紐《ひも》でとめてあった琵琶を下ろした。

その琵琶を、腹に抱えた。

すっと、女が立ちあがった。

小面の唇から、何かが押し出されてきた。眼球であった。その眼球が唇からこぼれ、岩の上に落ちる。

嫋《じょう》——

と、琵琶が鳴った。

誘われたように、女の右手があがった。

嫋——

その右手が、眼の高さの宙で返り、横へ流れる。

嫋。
嫋。
嫋。
女が舞い始め、頭上の桜の枝から、音もなく花びらがはなれた。
ひとひら。
ふたひら。
そして、さらに花びらが枝からはなれ、数を増してゆく。
その中で、ゆるゆると、女が舞う。
優雅な大輪の牡丹《ぼたん》が、風に揺れるようであった。
法師の声が、明るい陽光の中に流れ始めた。

観自在菩薩《かんじざいぼさつ》　行深般若波羅蜜多時《ぎょうじんはんにゃはらみったじ》
照見五蘊皆空《しょうけんごうんかいくう》　度一切苦厄《どいっさいくやく》――

「般若心経《はんにゃしんぎょう》」であった。
盲僧――つまり琵琶法師が行なう、〝荒神払い《こうじん》〟の経のひとつである。

色《しき》不《ふ》異《い》空《くう》　空《くう》不《ふ》異《い》色《しき》
色《しき》即《そく》是《ぜ》空《くう》　空《くう》即《そく》是《ぜ》色《しき》
受《じゅ》想《そう》行《ぎょう》識《しき》　亦《やく》復《ぶ》如《にょ》是《ぜ》

琵琶の音にのって、その声が響くと、女の舞の動きが、それにつれて遠くなってゆく。
頭にかかった薄ものは、はなれそうで、女から離れない。
花びらが、無数に宙へ舞っていた。
どの花びらも、地までは落ちてゆかない。
舞っている女と、琵琶を弾く法師の周囲の宙空にとどまって、渦《うず》を巻いていた。
ごうごうと、谷の大気が音をたてて動いていた。
あとからあとから、桜の花びらが舞う。
花吹雪の渦であった。
花びらの中で、女の髪の毛が逆立つ、輪になっている。
面の下から、声が洩《も》れていた。
おうおう、という獣の声であった。

荒神であった。

妖物《ようぶつ》が、その本性をむき出しにし始めたのだ。

女の身体《からだ》が、岩の上から、数センチ、浮きあがっていた。女の足は、宙を踏んでいた。首を左右に振ると、長い女の髪が、花びらをからみとって、ざん、ざん、と自分の頬《ほお》を叩《たた》いた。

踏み狂っていた。

おう
と、女が面の下で咆《ほ》えると、
ごう
と、大気が花びらをゆすりあげる。

全山の瘴気《しょうき》が、この谷に集まってきていた。

ふいに、女の顔から、小面が落ちた。

その下から、青黒い、皺《しわ》だらけの老女の顔が覗《のぞ》いた。

唇を突き破って、牙《きば》が生えていた。

その血が、顎《あご》を伝って、首筋を流れ、いく筋もの赤い糸となって、水干の内側へと這《は》い込んでいる。

赤い舌が、踊っていた。

長く伸びた舌先が、自分の顔中を舐《な》める。

顔中が、舌についた血で、赤く染まっていた。

額に、二本の角が生えていた。

歳《とし》経た老女——鬼の顔であった。

一匹の鬼が、あでやかな女の着物を身にまとい、おうおうと血の涙を流しながら、桜吹雪の中で舞い狂っていた。

「見よや！」

鬼が咆えた。

「見よや！」

獣の声だった。

めらめらと、青い炎がその唇から吐き出された。

法師の表情は変わらなかった。

唇に、あの微笑がある。

濁った眼が、女を見つめていた。

撥《ばち》の音が、速さを増した。

無《む》々《む》明《みょう》亦《やく》　無《む》々《む》明《みょう》尽《じん》
乃《ない》至《し》無《む》老《ろう》死《し》　亦《やく》無《む》老《ろう》死《し》尽《じん》——

法師の声が、さらに高くなった。
鬼の身体が、一メートル近くも岩の上に浮いていた。
その顔が、ゆっくりと、人の顔にもどってゆく。
女——老女の顔であった。
女の身体が、桜吹雪の中を昇ってゆく。
泳ぐように昇ってゆく。
それと一緒に、渦を巻いていた無数の花びらも昇ってゆく。
皺にうもれた老女の顔が、満面に歓喜の笑みを浮かべていた。
狂ったように踊る。
踊りながら上昇してゆく。
その腰が曲がる。
身体が縮んでゆく。

しかし、まだ、女は踊るのをやめなかった。

白い水干と紅袴の中に、老女の身体が隠れて見えなくなった。それでも、まだ、踊っていた。

着物だけが、踊っていた。

すでに、両岸の桜よりも、さらに高い風の中に、その着物があった。

下から見れば、青空の中で、白い水干と紅袴が、花びらに囲まれて、風に吹きあげられているだけのようにも見える。

そのどちらであるのか、もはや判別がつかなくなっている。

琵琶の音が止んだ時には、そこには、花びらも着物も消えていた。

まぶしい陽光の中で、蒼《あお》い虚空《こくう》が、風に吹かれているばかりであった。

歓喜月の孔雀舞《パヴァーヌ》

わたくしが青ぐらい修羅《しゅら》をあるいてゐるとき
おまへはじぶんにさだめられたみちを
ひとりさびしく往《い》かうとするか
信仰を一つにするたつたひとりのみちづれのわたくしが
あかるくつめたい精進《しゃうじん》のみちからかなしくつかれてゐて
毒草や蛍光菌《けいこうきん》のくらい野原をただよふとき
おまへはひとりどこへ行かうとするのだ

宮沢賢治『春と修羅』「無聲慟哭《むせいどうこく》」より

序　章　こよひ異装《いさう》のげん月のした

ぼくはその頃《ころ》、ずっとひとりの女性のことばかり想《おも》って暮らしていた。
遠い、異国で出会ったひとである。
その時も、ぼくは、夜の山径《やまみち》を歩きながら、そのひとのことを考えていたのだった。
径の左右から笹《ささ》のかぶさった、森の中の細い径だ。
ぼくの左右は、暗い橅《ぶな》の原生林である。
その原生林の底に、細い径は、笹に埋もれてほそほそと続いているのだった。
頭の上では、しきりと橅の梢《こずえ》がうねっていた。
森の底は無風であるのに、上方には暗い風が動いているのである。
背にしたザックの重量が気になりだしていた。
疲れが溜《たま》ってきているのである。
ぼくの脛《すね》に触れてゆく笹が、すでに露を宿しているらしく、ズボンの裾《すそ》が、その露を含んでしっとりと重くなっている。

土の上に、木の根や石が顔を出していて、爪先《つまさき》が時おり、それ等《ら》の根や石にひっかかる。ヘッドランプをしているのだが、笹の下までは、場合によっては光が届かないのだ。

道を間違えたのはわかっている。

荒沢林道から、直接大黒森《だいこくもり》の南側の峠を抜けて、岩手県の黒附馬牛村《くろつくもうし》へ出ようとしたのだ。その峠を越えたあたりで、どうやら、獣道《けものみち》に足を踏み入れてしまったらしい。

やっと、人の足が踏んで造ったものらしい径に出た時には、すでに夜になっていたのである。

食料はあるし、寝袋もある。

途中でビヴァークしてもよかったのだが、簡単な食事を済ませてから、コッフェルとコンロをザックにしまい、またぼくは歩き出してしまったのだった。

標高千メートルに満たない山の径とはいえ、無謀な行為だった。

細いながらも、人道を見つけて気持がゆるんだのと、奇妙な暗い誘惑が、ぼくの肉の中にあったからだ。

おそらく、ぼくは、暗い山の中で、迷ってみたかったのだ。

その不思議な欲望をうまく口では説明できない。おそらくそれは、ぼく自身の心が、行き所を失って迷い続けていたからだろうと思う。そのたどりつくべき場所のない心の迷路の中へ、ぼくは、そのままぼくの身体《からだ》ごと入り込もうとしていたのかもしれない。

初秋だった。

山の大気は冷たく澄んでいたが、ザックのあたる背に、薄く汗が張りついている。

森のさらに上の夜の天に、月が出ていて、梢の間から、青い月光が森の中にまで落ちていた。

満月だった。

ぼくの靴《くつ》の底が、岩や木の根を踏んでゆく。

黄葉こそまだ始まっていなかったが、森の中には、すでに今年の落葉が積もり始めていた。

湿った森の匂《にお》いの中に、はっきり、そういう落葉の匂いが混じっている。まだ、森の土と溶け合う前の、植物の血の臭気をほのかに残した匂いだ。

その落葉が、靴の下で潰《つぶ》れ、小さく音をたてる幽《かす》かな感触までが、堅い靴底から伝わってくる。

やはり昨年の秋に、異国の土や岩を踏んだ靴である。

その同じ靴の底が、今は、北上《きたかみ》山系の山の土を踏んでいる。

そのことが、ぼくには不思議だった。

彼女が、再び踏むことのできなかった土地の土である。

ぼくの胸のポケットに入っている黒い石の螺旋《らせん》が、熱を持ったように温かかった。その螺旋を握っていた彼女の掌《てのひら》の体温が、そのままだ石の中に残っているようだった。温かな血さえ、その石の内部には流れているようであった。

ふいに森が終って、ぼくは、青い光の中に出ていた。

一面笹におおわれたゆるいスロープが、眼《め》の前に海のように広がっていた。

その笹の上を、風が渡ってゆく。

ひるがえる笹の上に、しらしらと月光が天からこぼれ落ちていた。

森が終ったのだ。

ぼくは足を止め、深く呼吸しながら、しばらくその光景に見とれていた。

思い出したように、ヘッドランプを消した。

消した途端に、それまでヘッドランプの黄色い光が占めていた空間を、たちまち、しんとした山の静寂が埋めた。

星が出ていた。

空気が澄んでいるためか、満月の晩だというのに、驚くほど星の数が多かった。

小さく、高い笛の音が聴こえたような気がした。

しかし、耳を澄ませてみれば、笛の音はなく、さやさやと笹を揺すりながら、風が、ゆるいスロープを天に向かって登ってゆくばかりだった。

森を左に見ながら、ぼくは、膝《ひざ》まで埋まる笹の中を歩き出した。

北に、青黒く早池峰山《はやちねさん》の山塊が、星空の下方に見えていた。

——標高一九一四メートル。

北上山系の最高峰だ。

径は、ゆるい下りだった。

径は、時おり、また橅の森の中に入り、またそこから出たりしながら細く続いていた。

千メートル近い場所から、四百メートルは下ったろうか。

ぼくは、また橅の森の中に入っていた。

橅の森の中に入るたびに、ぼくは、ヘッドランプを点《つ》けた。

森の中を歩いているうちに、植物の層が変わり始めていた。

森のあちこちに、楓《かえで》が多くなり、下生《したば》えも、笹から草にかわっていた。

また森が終って、樹《き》がまばらな谷に出た。

その谷を下らずに、横ぎるかたちで径が草の中に続いていた。

そういう谷をふたつほど越えた。

疲れは、増えもしなければ減りもしなかった。

どこかでビヴァークしようという気持もその時には念頭から消えていた。

彼女が歩いたに違いないこの山塊の中を歩くことが、もともとの今回の旅の目的だったのだ。

そうして歩いていたぼくは、ふと、足を止めていた。

最初、ぼくは、それが何だかわからなかった。

青い月光に照らされた草の斜面の中に、黒々としたものが見えたのだ。

その黒いものが何であるか気がつかずに、そのままぼくは歩き続け、そして、それが何であるかわかった時に、ぼくは足を止めていたのだった。

前方のやや左手方向、ぼくが横切ろうとしている斜面のやや上方だった。

五メートルあるかどうかという距離であった。

それは、老婆《ろうば》であった。

ぼくの歩いてゆく径の先に、黒いふた抱えほどもある石があり、その石の上に、ひとりの老婆が背を丸めて、きちんと正座をして座っていたのである。

月光の中であった。

老婆は、顔をあげて、天を見あげていた。

満月を見ていた。

ガラス質の透明な青い月光が、天からその老婆の上に降り注いでいた。

銀色の髪を後方で結んだ、八十歳くらいの和服を着た老婆であった。

老婆は、正座をし、両手を膝《ひざ》の上に乗せ、眼を細め、口元になんとも言えない微笑を浮かべて、月を眺めていた。

満月とはいえ、夜である。

それなのに、ぼくには、老婆の顔に刻まれた皺《しわ》の陰影や、その白髪の一本一本までを、きちんと眼に捉《とら》えることができた。

何という不思議な微笑であったろうか。

少女のような微笑であった。

人が笑うには理由がある。

子供の笑顔につられて微笑する時もあるし、会話をしながらだって笑うものだ。その時には何事もなくても、何か楽しいことを思い出した時にも人は笑う。

しかし、その老婆の浮かべている微笑は、これまでぼくの知っているどんな微笑とも違っていた。

どう説明したらいいのだろう。

人が笑うための理由、原因――そういった一切の束縛を持たない微笑だった。

あるいは、ある種の菩薩《ぼさつ》像が口元に浮かべているあのあるかなしかの微笑を、その透明感を失わせることなく、そのままもっとはっきりした笑みにかえることができるとすればこの老婆が浮かべている微笑に近いものができるかもしれなかった。

沈黙の中で、石を包んだ草が揺れていた。

風が、下から斜面を昇ってゆく。

その微風と月光の中に、老婆は正座をして月を見あげているのだった。

黙ったまま、ぼくは、どれだけの時間、その光景を見つめていたろうか。

耳に届いていた風の音が、ふいに祭りの笛の音にかわったような気がした。

しかし、それは、むろん、ぼくの錯覚のはずであった。

ふいに、老婆が動いた。

石の上に立ちあがった。

素足だった。

月光の中に、ひょいと小手《こて》をかざした。

とん、と素足が石を踏んだ。

老婆は、あの微笑を浮かべたまま、石の上で踊り出したのである。

腰の曲がった、小さな老婆だった。

老婆が、踊りながら、石から降りた。

そのまま、老婆は草の斜面を踊りながら登り始めた。

ぼくは、声さえかけられずに、草の中に突っ立ったまま、老婆が斜面を登ってゆくのを見つめていた。

ぼくが歩き出したのは、老婆の姿が見えなくなって、五分は経《た》ってからであった。

数歩も足を進めると、径にぶつかった。

やはり草に埋もれた径で、右手の斜面の下方から、左手の上方へ登っている径であった。

この径を、老婆は登って行ったらしかった。

その径を登ると、すぐに黒い石の前に出た。

ぼくの膝よりは、やや高い石であった。

ついさっきまで、あの老婆が座っていた石である。

その石に手を触れて、初めて、ぼくはそれが何であるか知った。

それは、螺旋だった。

ただ大きさが違うだけで、ぼくの胸のポケットの中に入っているのと同じものだ。

それは、巨大なアンモナイトの化石であった。

一章　青らみわたる澋気《かうき》をふかみ

1

風の中に、小さく、かねと笛の音が聴こえていた。
下るにつれて、その音が大きくなってゆく。
雑木林《ぞうきばやし》の径《みち》であった。
小さな沢を右手にしながら、ぼくは闇《やみ》の中を下っていた。
沢の瀬音が、耳にここちよかった。
おそらくは、下方で猿ケ石川《さるがいしがわ》へ注ぎ、遠野《とおの》市内をやがて流れてゆく水の音だ。
そして、笛と、かねの音。
すでに、十二時をまわっている時間のはずであった。

径の下方に村があって、その祭りに行きあたったのかもしれなかった。

しかし、真夜中過ぎというこんなに遅い時間までやる祭りがあるのだろうか——。

その笛とかねの音がやんだのは、ぼくがそんなことを考えてから、ほどなくのことであった。

やんだ途端に、ぼくは、夜の山の中にふいに独りで放り出されたような気分になった。

それまでにも増した静寂が、ぼくの身体《からだ》を押し包んできた。

幾つかの支流が入り込んで水量が増したのか、沢の瀬音がわずかに大きくなっていたが、かえって静寂は深まったようであった。

闇の中に浮かんだ細い糸をたどるようにして歩いてきたのが、ふいにその糸を断ち切られてしまったような気分になった。

下ってゆくうちに、径が広くなった。

稲の匂《にお》いがした。

樹《き》の立ち方がまばらになっている。

ヘッドランプを左手に移すと、そこに、さわさわと、稲が揺れていた。

沢の水を引き込んで造られた、山あいの田であった。

小さな田だ。

夏の頃のような、濃い緑色は、もはやしていないが、まだ黄金色《こがねいろ》と呼ぶような色になっているわけでもない。ちょうど、その色の変化の中間あたりのようであった。

——黒附馬牛村《くろつくもうし》か。

ぼくは思った。

この近辺に村があるとすれば、それは黒附馬牛村に違いないはずであった。よほど、ぼくが山中で見当違いの方向に歩いたのでなければである。

いくらも歩かないうちに、ぼくの歩いていた径は、広い道にぶつかった。

広いといっても、軽四輪のトラックが、やっと通れる道幅しかなく、舗装のされていない土の道だった。

太い川の音が闇のどこかから響いていた。

これまでぼくが耳にしていたのよりは、ずっと重さのある水音であった。

広い道に出てみると、すぐ右手に小さな橋があった。

ぼくの横を並んで下っていた沢の水が、その橋の下をくぐって、少し先で、さらに水量の多い川に合流しているらしい。

歩き出そうとして、ぼくは踏み出しかけた足をもどしていた。

ヘッドランプの灯《あか》りの中に、見えたものがあったのだ。

ぼくの膝《ひざ》よりも低い、橋の端にある柱に、
〝くしかた〟
と、平仮名で文字が入っていたのである。
「ここか――」
ぼくは小さく声に出していた。
やはり、ここが、黒附馬牛村だったのだ。
――黒附馬牛村。
戸数《こすう》にして十五戸。
ネパールで死んだ櫛形《くしかた》小夜子《さよこ》が生まれ、育ったのがこの黒附馬牛村であった。
「わたしの生まれた村は、四つの姓しかないのよ」
小夜子がそう言っていたことを、ぼくは思い出した。
櫛形。
千々岩《ちぢいわ》。
田加部《たかべ》。
宇ノ戸《うのと》。
その四つの姓しか、黒附馬牛村にはないのだという。

櫛形が二戸。

千々岩が五戸。

田加部が五戸。

宇ノ戸が三戸。

それを合わせての十五戸である。

遠野市の中でも、一番はずれにある、小さな村であった。

呪《しゅ》の村だ。

「村の中にある橋には、みんな家の名前が付いてるの」

そう小夜子は言った。

だから、〝くしかた〟という小夜子の家の名を付けた橋も、村にはあるのだという。

アンナプルナの白い峰を、遠い眼で眺めながら、そう言った時の小夜子の顔の表情や声の抑揚までも、はっきりぼくは想《おも》い出していた。

心臓がすぼまってゆくような哀しみが、ぼくを捕えた。

その小夜子が、もう、この地上のどこにもいないのだという思いが、ぼくの肉体をしめつけてきた。

一度だけ触れたことのある小夜子の唇《くちびる》の感触が、ぼくの唇に蘇《よみがえ》った。

激しいものが、ふいにぼくの肉体を襲ってきた。

熱い湯に似たものが、ぼくの身体を内側から押し包んできた。

ぼくは、たまらなくなって、ぞくりと身体を大きく震わせた。

何をしに来たのか——

ぼくは思った。

小夜子の生まれた土地に立っただけで、こんなにも鮮やかに、激しく、小夜子のことを想い出してしまうとは——。

これまで、ぼくが記憶していた小夜子の表情、声、ほんのちょっとした仕草、顔を横に傾けてから、ちらりと黒い瞳《ひとみ》の視線をぼくの方にはしらせてくるそのやり方から何から、あらゆるものが一度に蘇った。

ぼく自身の肉体が記憶しているものまで、例外ではなかった。ぼくの手を握ってきた時の、小夜子の指の力の具合や、ぼくの頬《ほお》に触れた小夜子の髪の一本一本の感触までもが、今、そこに触れたばかりのように蘇ってきたのである。

ぼくは、ゆっくりと、歩き出した。

2

灯《あか》りが見えた。

前方の左手の闇の中であった。

蛍光灯《けいこうとう》の灯りではなく、白熱電灯の灯りであった。

赤みがかった黄色い光だ。

思いがけなく近い距離であった。

それまで、木立ちの陰になっていたのが、ぼくが移動したため、その陰から灯りがのぞいたのだ。

上方であった。

道の左手前方のそのあたりまで、ぼくの下ってきた山の斜面の一部が迫っていて、灯りは、その斜面の中腹にあった。

そのあたりまで歩いてゆくと、しらしらと道を照らしていた月光が、届かなくなった。

頭上に、樹々の梢がかぶさって、月光をさえぎっているのである。

石段があった。

角が磨《す》り減って、丸くなった石段であった。

石段の人の足が踏まない部分には、苔《こけ》が生えている。

見あげると、上方の、石段を登りきったところに、ぽつんと灯りが見えていた。

神社か何かがあるらしかった。

一瞬、迷ってから、ぼくはその石段に足をかけていた。

この神社か何かのどこかで、朝をむかえる決心を、ぼくはしていた。

夜が明けたら、櫛形源治《げんじ》を訪ねてみようとぼくは思った。

櫛形源治は、小夜子の伯父である。

一度だけ、ぼくは、ネパールのカトマンズで、櫛形源治と会っている。

櫛形源治は、無口で、もの静かな男であった。

年齢は訊《き》かなかったが、おそらく五十代の半ばは過ぎているはずであった。

ぼくは、櫛形源治とふたりで、灰になった小夜子の肉体が、川に流され、流れてゆくのをこの眼《め》で見たのだった。

カトマンズ市内の火葬場だった。

よく晴れた日であった。

青い空を映した水の面《おもて》に、たちまち、小夜子の肉体であったものは見えなくなり、土や、水や、犬や、牛や、空気や、その他あらゆるものの根源である天然のむこうにかえって行った。

ぼくと櫛形源治とは、涙も流さずに、その光景を、黙したまま、凝《じ》っといつまでも眺めていたのだった。

日本に帰ってから、ぼくのアパートに、ネパールでは世話になったという、櫛形源治の短い手紙が届いていたのを読んだだけである。

櫛形源治とは、それだけのつきあいだった。

今回、ふいに、黒附馬牛村を訪れることにしたのも、櫛形源治には告げていない。

アパートを出る時には、櫛形源治を訪ねるかどうかも、まだ決めてはいなかったのである。

石段を登りきらないうちに、ぼくは、途中で足を停《と》めていた。

石段の上に、ふいに、人の影が現われたからであった。

男のようであった。

しかし、灯りがその男の背後にあるため、その年齢の見当がすぐにはつかなかった。

ぼくは、首をかしげて、男を見つめた。

ぼくの頭に点《つ》いていたヘッドランプの灯りが、直接男の顔に当った。若い男だった。ぼくとあまりかわらない年齢の男だ。

二十代の半ばを、やっと過ぎたかどうかというくらいに見えた。

「眩《まぶ》しいな――」

その男が、眼の周囲に皺《しわ》をよせて、つぶやいた。

ぼくはあわててヘッドランプのスイッチを切った。

「こんばんは」

ぼくは、おそるおそる言った。

「こんばんは」

男が言った。

また、男の表情が見えなくなっていた。

頭の上で、楢《なら》の葉がざわざわとうねっていた。

こんばんは、と言って、それっきりぼくは言葉を失ってしまった。どうしていいかわからなくなってしまったのだ。黙ったまま、ぼくは、石段の途中に足を踏み出した格好で、そこに突っ立っていた。

男の視線が、ゆっくりとぼくの全身をさぐっているらしいのがわかった。

「この土地の者じゃないね」

男は言った。

「ええ」

ぼくは答えた。

やっと石段を一段あがり、

「大黒森《だいこくもり》から降りる途中で、道を間違えてしまって——」

「へえ」

「ここは、黒附馬牛村でしょう」

「そうだよ」

男が答えた。

ぼくを見つめ、

「何の用?」

訊いた。

「この上は、神社なんでしょう?　寝袋を出して、朝まで寝るところでもあればと思って——」

「今日は、どうかな」

「駄目《だめ》なんですか?」

「駄目なんじゃなくてね、あなたの方が気味悪いんじゃないかと思ってさ」

「気味が悪い？」

「婆さんの死体と一緒だよ」

「婆さんの？」

ぼくの頭に湧《わ》いたのは、あの石の上に座って、微笑しながら月を見あげていたあの老婆の顔だった。

ぼくはゆっくりと石段を登りつめ、男の横に立った。

ジーンズをはいた、痩《や》せた男だった。

男は、どこかひどく遠い場所を見るような眼でぼくを見、それから境内の奥にその視線を移した。

そこに社《やしろ》があった。

小さな社だった。

灯りが点いていて、扉《とびら》が開け放たれたままになっていた。

男が社の方に向かって歩き出した。

ザックを背負ったまま、ぼくは男の後に続いた。

「お客さんだよ」

社の前で立ち止まって、男は声をかけた。

「帰ったんじゃなかったのかい」

奥から声がして、のっそりと、ひとりの黒い和服姿の男が出てきた。

その男が、一段高くなった社の入口から、ぼくを見おろした。

「あんた……」

和服の男は、そこまで言って、言葉を途切らせていた。

それは、ぼくも同じだった。

ぼくは、何かを言いかけ、そのまま声を出せずに彼と眼を見つめ合った。

そこに立っていたのは、ぼくの知っている男だったのだ。

「たしか、木之原《きのはら》さん……」

彼が言った。

「ええ。木之原草平《そうへい》です」

ぼくは答えた。

「あのおりは、色々とお世話になりました」

と、その和服を着た男——櫛形源治は、ぼくに向かって言ったのだった。

「知り合いだったの、源さん」

石段の上に立っていた男が言った。

「話したことがあるだろう、このひとが、ネパールで小夜子を看取《みと》ってくれたんだ」

櫛形源治が言うと、男が、刺すような視線をぼくに向けてきた。

さっきまでの、どこか遠くへ焦点を結ばせたような視線ではなかった。

「小夜子が死ぬ時、そばにいたというのは、あんただったのか」

その男は言った。

「え、ええ」

ぼくは、男を見つめながら、小さく頭を下げた。

「どうしてここに？」

櫛形源治——源《げん》さんが言った。

「急に、こっちの方の山を歩きたくなって……」

ぼくは言った。

手をつけられないままの論文を放り出して、歯を嚙《か》むようにして山の中をさまよったあげくに、結局小夜子の生まれたこの土地にたどりついたのだった。

ぼくは、都内にある私大の、大学院生であった。

文化人類学というのを専攻していて、ネパールへ行ったのも、向こうで民話を採集し、日本の神話や伝説と比較した論文を書くつもりだったのだ。

ネパールは、呪法《ずほう》の土地だ。

まだ、現役の呪《しゅ》や、信仰や、神々に捧《ささ》げられるための血がそこにある。

密教《ラマ》、ヒンドゥーの宗教に、様々な民間信仰が入り混じり、それが混然としてひとつになっている。

牛の匂いも、人間の汗の匂いも、犬の匂いも、糞《ふん》の匂いも、尿の匂いも、そして火の匂いも水の匂いも植物の匂いも土の匂いも血の匂いもおよそあらゆるものの匂いが、そこでひとつになっている。

カトマンズを歩けば、遠く、ヒマラヤの峰々から寄せてくる、成層圏に近い場所の雪の匂いまで、街の大気の中に漂っている。

まだ、十代の頃に、ヒマラヤの山麓《さんろく》をめぐるトレッキングをやったことがあり、その時に耳にした、雪男の話や、ヒンドゥーの神々に関する民話を耳にして、それから、こちらの神話や伝説に興味を持ったのだった。

その土地で、ぼくは小夜子と会い、ささやかな恋をしたのだった。

〝炎の横のバターは溶ける〟

そういうことわざが、この国にあることを教わったのも、小夜子からだった。

ぼくと小夜子とが、初めて同じテントの中で眠ることになった晩に、小夜子が言ったのだった。

女の横に男が眠ることになれば、男という生き物がどうなるか、それを言ったことわざである。

しかし、ぼくはもう、その時すでに、溶けたバターになっていたのだった。

Tシャツの上から触れた、小夜子の胸のふくらみ、乳首の感触――。

「寝るところを捜してたらしいですよ」

男が、源さんに言った。

「寝るところ？」

「ここの神社の軒下にでも寝ようかと思って登ってきたら、こちらの人に会ったんです」

ぼくは言った。

「なら、家《うち》に泊まって行けばいい」

「でも――」

「今晩はごらんの通りでね」

「――」

「葬式なんだ。あんたとは、いつも葬式の時に会うことになってるみたいだな」

「誰か亡《な》くなられたんですか」

「おふくろがね、夕方に死んだんだ」

「お母さんが」

「おれのだよ」

「ここが、櫛形さんのお宅なんですか」

「いや。家は向こうさ。この村じゃ、葬式はみんな、この神社でやることになってるんだ。村のものが集まってね――」

「村の人たちって――」

「ついさっき、帰ったばかりなんだよ」

「さっき、笛やかねの音が聴こえてましたけど」

「ここじゃ、人が死ぬと、笛を鳴らしたりかねを叩《たた》いたりするんだよ――」

「笛やかねを」

「楽しみが少ないからね。葬式も、祭りと同じように賑《にぎ》やかにやるんだ」

源さんは言った。

「あがりな」

ぼくに半分背を向けて半身《はんみ》になった。

ぼくは、そこで靴を脱ぎ、男と一緒に社の中にあがった。

なんと、そこには畳が敷いてあり、その奥にふとんがのべてあった。

そのふとんに、誰《だれ》かが仰向《あおむ》けに横になっていた。

顔に、白い布がかぶせてあった。

ぼくは、ザックを下ろして、その横に座り、眼を閉じて手を合わせた。

眼を開けると、ぼくの横に、さっきの男と源さんが座っていた。

ぼくは、ふたりの方に向きなおった。

眼の前に、お茶と、漬《つ》けものの載った皿《さら》が出ていた。

「小夜子が死んで、おふくろが死んで、これで櫛形も、おれひとりになったな」

源さんが言った。

「ひとり?」

「ああ」

「この村には、櫛形姓は、二軒あるって聴いてましたが――」

「一軒だよ」

「――」

「むこうの櫛形は、もうない」

「ない？」

「小夜子の両親が、二年前に死んで、小夜子ひとりだったんだ。その小夜子が死んだからな」

源さんは、低い声で言った。

「死んで、楽になったんだよな、お千代婆《ちよばあ》さん――」

それまで黙っていた男がふいに言った。

男の視線はぼくを見ていた。

さっきから、男の視線がぼくに注がれているのを、ぼくは知っていた。

「五年も寝たきりでな」

源さんが言った。

この三年は、ずっと大小便にも立てなかったのだという。

「床擦《とこず》れができていてね、どんな風に寝かせても、すぐに痛がってさ」

尻《しり》や、腰や、背に、寝ダコができ、それがつぶれ、膿《う》み、紫色にふくれあがっていたらしい。

そんなことを、源さんは淡々と低い声で語った。

「でも、満月の晩でよかった」

やはり、ぼくを見ながら男が言った。

「ああ」

源さんが答えた。

「満月の晩？」

ぼくは訊いた。

源さんは、小さく顎《あご》を引いてうなずいただけだった。

「どういうことですか」

「いや、わからないよ、あんたに言ってもね――」

源さんがつぶやいた時、ふいに、ぼくの頭に閃《ひらめ》くものがあった。

「すみません、お母さんの顔を拝見させていただけますか」

源さんは、一瞬、奇妙な眼《め》でぼくを見つめ、

「いいよ」

うなずいて、お千代婆さんの顔にかけてあった布を取り去った。

ぼくの知っているあの顔が、白い布の下から出てきた。

ぼくが見た、アンモナイトの化石の上に座っていたあの老婆の顔が、そこにあった。

長い間、ぼくはその顔を見つめていた。

「どうしたの」

源さんが訊いてきた。

「ぼく、さっき、山の上で、このひとに会いましたよ」

ぼくが言った途端に、源さんの眼が、小さく吊《つ》りあがった。

「見た?」

源さんの声の中に、堅いものがあった。

「ええ。この神社の裏手のあたりの山の中腹に、黒い大きなアンモナイトの化石があるでしょう。その上に、このお千代婆さんが座ってました」

「それで――」

源さんの真剣な口調に、ぼくは恐《こわ》いものを感じた。

「お千代婆さんは、にこにこ笑って、踊りながら山の上に登ってゆきましたけど――」

「まさか、声をかけたり、後をつけたりはしなかったろう?」

源さんが、きつい顔で言った。

「むこうは、ぼくになんか気がつきませんでしたよ。凄《すご》く楽しそうだった――」

「ほんとうだね」

源さんが訊いた。

「ええ」

ぼくがうなずくと、源さんは、しばらくぼくの顔を見つめ、ほっと、息を吐いた。

源さんの肩から力が抜けたのがわかった。

「あれを見たのか――」

ふいに、黙っていた男が、つぶやいた。

「あれは、何だったんですか」

ぼくが訊くと、男は、ちらりと源さんに眼をやった。

言ってもいいのか――

と、そう問うている眼だった。

「聡《さとる》――」

源さんが言った。

静かに首を振った。

「はい」

聡と源さんに呼ばれた男がうなずいた。

聡の眼の問いに、言ってはいけないと源さんが答えたのだ。

男――聡がぼくを見ていた。

「聡さんて、それじゃ、あなたの名前は——」

「千々岩聡です」

聡が答えた。

その言葉が、ぼくの耳を打った。

その名前を、ぼくは知っていた。

この一年近くの間、何度も何度も、小夜子と共に、ぼくが思い出していた名前が、千々岩聡だった。

死ぬ間際《まぎわ》に、ようやく、小夜子が口にした男の名前が、この千々岩聡だったのである。

その時、小夜子が口にした言葉は、もうひとつあった。

その言葉が、ぼくの頭の中に蘇《よみがえ》っていた。

——魂月法《こんげつほう》なんて、やらなければ。

そう、小夜子は言っていたのである。

ぼくは、思わず、その言葉を口にしていた。

「魂月法というのを、知っていますか——」

ぼくは訊いた。

二章　蛇紋《じゃもん》山地に篝《かがり》をかかげ

1

——ドゥルガー・プジャ。

初めての異国の祭りは、原色の赤、血の色だった。

ダサインと呼ばれるその祭りは、ドゥルガーというヒンドゥーの女神に捧《ささ》げられるための祭りだ。ドゥルガー神が、水牛に変じた悪魔を退治した神話がもとになっている。

十月に行なわれるその祭りにぼくが行きあたったのは、まったくの偶然だった。季節風《モンスーン》による雨の時期を避けて、十月という月を選んだだけのことであった。

ネパールの夏のモンスーンは、ベンガル湾から南東風となって吹き、六月中旬から始まる。それから九月の後半までの、およそ三カ月余りが雨季である。

海の湿気をたっぷりと含んだ風がヒマラヤ山脈にぶつかって、その南側に大量の雨を落としてゆくのである。日本流に言えば、その時期にはその時期なりの風情《ふぜい》もまたあるのだろうが、一カ月余りの時間を、雨の中で暮らすのはもったいなさすぎた。

ぼくの目的は、まだ、ヒンドゥー教に犯される以前の、神話や民話を収集することにあった。

ひとくちには言えないほど複雑なのだが、現在のヒンドゥー教は、紀元前にインドに進入してきた征服民族であるアーリア系の神話体系がもとになっている。いや、むしろ逆に見れば、仏陀《ぶっだ》を生んだと言われているドラヴィダ族などのような、無数の土着種族の神話が、征服者であるアーリア系の神話を、変貌《へんぼう》させてしまったとも言えるかもしれない。

具体的に言うなら、アーリア系に属さないヒンドゥー神話の原形となった話を、この土地で見つけられたらと、ぼくは考えていたのだった。

そういう話が残っているとすれば、インドの平原にというよりは、ヒマラヤの高地の方であろうとぼくは考えた。

アーリア系の人種が来る前にインドにいた人種は、ヒマラヤの山麓《さんろく》に住む、鼻の低い、現在のチベッタンのような人種であったという説がある。

アーリア系の征服民族に追われたインドの土着の種族が、多数、ヒマラヤの高地に移り住んだ時期があったのではないだろうか。もともと、ヒマラヤの高地にチベッタン系の人々が住んでいたとしても、そのようにして山へ移った種族と彼等《かれら》とは、濃く、血が混ざりあったのではないだろうか。

混ざりあったのは、むろん、血だけではなく、それぞれの種族が有していた神話もそうであったはずだ。

それは、仏教――つまり、現在のチベッタンの宗教である密教《ラマ》以前に成立した神話である。その神話は、密教《ラマ》にも強く影響を与えたはずであった。

原形そのものの話の収集はともかく、密教《ラマ》と混ざりあったものであれば、いくつかはそういう神話を拾うことはできるかもしれなかった。

そういう神話と、ヒンドゥーの神話とを比べることによって、土着の民族が有していた神話の原形をさぐり出すことも可能なはずであった。

ヒンドゥーの神話については、これまで様々な角度の光があてられている。

シヴァ神の原形であるルドラ神や、ヒンドゥーの神々については、ギリシャ神話のそれとも対比が可能である。

最終的には、そういう対比を、ぼくの集めた神話と、日本の記紀の神話のいくつかとでやってみようと、ぼくはそんな夢のようなことを考えていたのである。

もとより、アクロバットのような論理の展開や、こじつけに近い論を語ることになるのだろうが、あながちそうとばかりも言えない部分も、わずかながらあるのだ。

日本語となっている言葉のいくつかの原形は、インド及び、このヒマラヤの山麓で生まれたのだという学者もいるのである。

記紀の神話にある、イザナギ、イザナミの話と類似した神話が、どうやら南太平洋の島々にもあることは、すでに知られている事実だ。記紀の神話とギリシャ神話との類似性について発言している学者だっているのである。

夢だ。

夢以上に信じて、この土地までやってきたわけではない。

奇説すれすれのものであるにしろ、論文のいくつかは提出しなければ、大学院生として、そろそろ格好のつかない立場に、ぼくはいたのだった。

大学の研究室で、名ばかりの助手のような仕事はしているが、実のところ、ぼくは行き場がなくて大学に残ったような人間だった。

助教授になり、やがては教授にという野心に、胸を焦《こ》がしているわけでもない。

立場上、フィールド・ワークの真似《まね》ごとなりともやろうということなのだったが、かといって、まるっきり、嫌《いや》な分野に首を突っ込んでいるわけでもなかった。

まったのだった。

これも、タイミングだ。

ぼくの乗った、ロイヤルネパール・エアラインの飛行機がカトマンズの上空にさしかかった時は、すでに夜であった。

窓に、鼻先を押しつけるようにして、ぼくは、下方に広がるその深い暗黒を見下ろしていた。

暗い海のような闇《やみ》だった。

その底に、ぽつん、ぽつんと、灯《あか》りが見える。

カトマンズの灯りだ。

東京のそれのように、群れてさざめくような灯りではない。

灯りと灯りとの間に、ほどのよい距離が保たれているのである。なつかしい距離であった。ほとんどが、白熱灯の灯りだ。一国の首都だというのに、都会に特有の、とりどりのネオンの色がない。

その灯りと灯りとの間の闇が、何故《なぜ》か、ぼくにはひどく温かかった。人の温もりのある闇であった。

灯りの下よりも、その灯りと灯りの間の闇の中にこそ、この国のほとんどの人間が、生活し、呼吸をしているのである。

その散らばった灯りの先に、次の街の灯りが見えているわけではない。

ただ、暗黒がある。

カトマンズに降り立った時、ぼくは、風の匂《にお》いを嗅《か》いでいた。

なつかしい匂いだった。

ああ、この匂いだと思った。

この国に二度目にやってきたのではなく、ようやく帰ってきたのだなと、そう思った。

火と煙の匂いであった。

獣の匂いであった。

そして、人の匂いであった。

さらには人の汗と、獣の汗の匂いだ。

人の糞《くそ》と獣の糞と、そして血の匂いと土の匂い——古い神々や氷河の匂いまでが、この大気の中に一緒くたになって溶けている。

人も、犬も、牛も、ニワトリも、そして神々さえもが皆同じ街の住人なのだった。

この雑多な街の記憶が、ぼくの肉体の中にどれだけ深く染み込んでいたのかを、ぼくは風の匂いを嗅いで知ったのだった。

街の中心に近い、インドラチョークのゲストハウスに、ぼくは宿をとった。日本で言えば、喫茶店に入って、コーヒーを飲み、一番安いサンドイッチを喰《た》べるくらいの値段で、一泊の宿がとれるのだ。

ここより高いホテルもむろんあるが、安いホテルはそれ以上にある。

その晩、ぼくは、興奮してなかなか寝つかれなかった。

ついに来てしまったのだなという、不思議にしみじみとした思いを、イモリの這《は》う天井を見つめながら、ぼくはベッドの中で嚙《か》みしめていたのだった。

翌朝、街へ出た。

四年前――二十歳の冬に来た時よりも、カトマンズの街は、賑《にぎ》やかになっていた。

車の数が増えていた。

人の密集した、どんな細い路地にも、車は入り込んできた。絶え間なく鳴るクラクションの音がやかましかった。

車が入り込んできても、人間は平気だ。

牛や犬のように、悠々《ゆうゆう》としている。

その車の横を、リキシャが抜けてゆく。自転車が抜けてゆく。原色のサリーを着た女や、もっと汚ない布をまとっただけの女が歩いている。スカートや、ワンピースを着、サンダルばきの女もいる。

異国の風貌《ふうぼう》をした、鼻の高い、瞳《ひとみ》の大きな男もいれば、驚くほど日本人に似た、鼻の低い、眼《め》の細い人間もいる。

ヒッピーの生き残り風の白人もいる。

男や、女。

老人や子供。

ほとんどあらゆる種類の人間がこの街にひしめいていた。

人と同じレベルに、牛がいる。

山羊《やぎ》がいる。

犬がいる。

古い木造の寺院があり、その横にレンガの傾いた家があり、そのさらに横には、コンクリートの建物があったりする。

車が走る横を、牛に曳《ひ》かせた荷車が動き、山羊の首や、胴や足——原色の血肉を乗せた籠《かご》を持って、どこへやら歩いてゆく老人がいる。道端に広げた筵《むしろ》の上で、果物を売っているかと思うと、その近くの建物のガラスケースのむこうには、カメラや電器製品が並んでいたりするのである。

雑多で、活気があった。

ハシシュを売りつけようと声をかけてくる人間の中には、子供も混じっていた。

寺院の軒下で、人間の老人よりも歳経《とし》た風貌の山羊が、いつまでもじっと動かずに眼を閉じているのを、ぼくは長い間、見つめていたりした。

迷い込んだ路地の奥にある男根柱《リンガ》に、生なましい山羊の血がかけられ、その上に無数の花が散っているのを、ぼくは見た。

異国の街の雑踏に、ぼくは半分酩酊《めいてい》状態になっていたようだった。

そのうちに、ぼくは、奇妙なことに気がついた。

街をゆく人間たちの中に、山羊を曳いている者が多いことにである。山羊の首に紐《ひも》をかけ、その紐を握って、人々が歩いているのである。

そして、ある街角で、ぼくは、その光景に出会ったのだった。

小さな、傾きかけたレンガの建物の隅《すみ》にある店であった。

土間があり、大小の洗面器がそこに置いてあった。

その洗面器の中に、原色の血肉や内臓が、山のように盛られていた。ある器の中には、絵の具のような、どろりとした真紅の液体が入っていた。その赤い表面に、ぶくぶくと泡《あわ》が浮いていた。

血であった。

店の前に、炉があり、その上に鍋《なべ》が乗せられ、湯がたぎっていた。

そこからもうもう湯気があがっている。

ふたりの男が、店の前にしゃがんでいた。

サンダル履きの男だ。

ひとりは、火の中に薪《まき》をくべ、もうひとりは、ぼんやりと煙草《たばこ》をふかしていた。

その男の横に、山羊の首がふたつ、転がっていた。

地面の土が、赤い液体で濡《ぬ》れていた。

店の前に、杭《くい》が打ち込んであり、そこに、三頭の山羊がつながれていた。

その山羊をつないだ紐が、男たちとは逆の方向に、いっぱいに伸びていた。三頭の山羊が、男たちからできるだけ遠去かろうと、後方に退《さ》がっていたからである。一番後方へ逃げているのは尻《しり》だった。だから、首をつながれているため、顔は、男たちの方に向いている。眼は、堅く、どこか宙の一点を見つめていた。

その山羊の身体《からだ》が、石のように動かない。

硬直しているのである。

しかも、よく見れば、全身が細かく震えていた。

山羊の鼻から、鼻汁《はなじる》ともなんともつかない汁が流れ出ている。この三頭の山羊が脅えているのが、はっきりとわかった。

その理由がわかったのは、間もなくであった。

ひとりの、サリーを着た女がやってきて、煙草を吸っている男に何かを言った。

すると、男が立ちあがった。

三頭の山羊が、足を踏ん張った。

男は、女に笑いかけながら、無造作に山羊の一頭をつないでいる紐を引いた。

選ばれたその山羊が、びくんと身体を竦《すく》ませるのが、はっきりとわかった。

山羊が暴れ出した。

男が、角をつかんで、山羊を押さえつけた。

もうひとりの男は、いつの間にか立ちあがっていて、その手に大ぶりの山刀《ククリ》を握っていた。

〝く〟の字形に曲がった、鋭いなたのような刃物だ。グルカナイフと呼ばれているものである。

その山刀《ククリ》を、男は、両手に握った。

もうひとりの男が、山羊を押さえつけている横に立った。

山羊は、その細く長い首を、いっぱいに、水平に伸ばされていた。

山羊が、さらに暴れ出した。

男が、山刀《ククリ》を打ち下ろした。

かつん、と刃が骨にあたる音がして、山刀《ククリ》がはじかれた。

山羊の首の体毛が、その一撃で、たちまち赤く染まってゆく。

男が、もう一度、山刀《ククリ》を打ち下ろした。

ざっくりという、大きな野菜か何かを丸ごと切る手応《てごた》えに似た音があって、どん、と無造作に山羊の首が前に落ちた。

ぴゅう。

と、首の切り口から、親指くらいの太い血の束が吹き出すのをぼくは見た。

山羊を押さえていた男が、洗面器でその血をきれいに受けた。

水をこぼすような音をたてて、その洗面器に、きれいな赤い色をした血が溜《たま》ってゆく。

新鮮な驚きがあった。

血というのは、もっと赤黒い色をしているものとぼくは思っていたのだ。

横倒しになった山羊の足が、数度、けいれんするように、宙を蹴《け》った。

それを、男が膝《ひざ》で押さえつける。

すぐに、山羊は動かなくなった。

ふたつ並んでいた山羊の首の横に、もうひとつの山羊の首が転がった。

つながれている山羊が、震えているのも当然だ。眼の前で何が行なわれているのか、わからないわけがないのだ。

ぼくは、その山羊が解体されてゆくのを見つめていた。

彼等の手際《てぎわ》は鮮やかだった。

くるくると皮がはぎとられ、内臓が取り出されてゆく。

最後までそれを見ずに、歩き出そうとして、ぼくは、そこに、櫛形小夜子《くしかたさよこ》を見つけたのだった。

彼女は、長い髪と、大きな眼をしていた。

ジーンズをはき、その上に洗いざらしのシャツを着ていた。

彼女は、荷物も何も持たず、ぽつんとそこに突ったって、黒いその瞳《ひとみ》で、それまでぼくが見つめていたものを、見つめていたのだった。

ぼくの視線に、彼女は気づいた。

ぼくの方を見た。

「凄《すご》いね――」

と、ぼくは言った。

彼女に半歩近づいて、また、山羊が解体されてゆく光景に眼をやった。

「ダサインなのよ」

彼女がつぶやいた。

言われて、ぼくはその時、ようやく気づいたのだった。

ダサインの祭りのことをである。

ダサインの祭りのことを、ぼくは知っていた。むろん、本による知識だ。

ダサインは、女尊ドゥルガー神に水牛を捧《ささ》げる祭りである。

ネパールの国中で行なわれる祭りだ。

金のある家は、水牛の、金のない家は山羊の首を落として、それをドゥルガーに捧げるのだ。

そして、肉を喰《た》べる。

めだまから、脳から、内臓から、何から何までみんな喰べてしまうのだ。

その祭りが、十月のこの時期であったことを、ぼくはすっかり忘れていたのだった。

「ダサインだったのか――」

ぼくは、ひどく納得した声でつぶやいた。

その声に、彼女がぼくの方を見た。

小さく首を傾けて、ぼくにその視線を向けた。

大きな、黒い瞳が、ぼくを見ていた。

黒いだけではなく、その黒は微《かす》かに青みを帯びてさえいた。

月の光のような浸透力を持った眼だった。

ぼくは一瞬、肉体の内側から、魂の内部まで、その眼に覗《のぞ》かれてしまったような気がした。そして、その眼は、ぼくの肉体も魂も通り抜け、もっと遠くのものへと向けられているようであった。

ぼくの心臓が、どきりと鳴った。

こわいような瞳だった。

人を見る瞬間に、これほど神秘的な瞳を向ける人間がいることを、ぼくは知らなかった。

彼女の頬《ほお》や、シャツの袖《そで》から出ている腕の肌《はだ》は、病的なほどに白かった。

ぼくと櫛形小夜子とは、遠い、異国の呪法《ずほう》の街で、そのようにして知り合い、おそらくはぼくの一方的な恋も、そのようにして始まったのだった。

三章　肌膚《きふ》を腐植と土にけづらせ

1

何故、これを、千々岩《ちぢいわ》聡《さとる》に渡さなかったのか——。

ぼくが、東京に帰ってからの二十日余りの間、おりに触れて考えていたのは、そのことだった。

アパートの部屋で、ぼくは、机の上のその螺旋《らせん》を眺《なが》めては、聡と小夜子のことを考えていた。

それが、小夜子がぼくに言い残したことのはずであった。死ぬ間際《まぎわ》に、小夜子はぼくにそう言って、この螺旋を手渡したのだ。

——アンモナイトの化石。

ポカラの街で、買ったものだと、小夜子は言った。

同じ螺旋を、ポカラの街のあちこちの土産物屋の店先で、ぼくも何度か眼にしたことがあった。店と言っても、土の上に布を敷いて、そこに、土産品が並んでいるだけの露天の土産物屋だ。

そういう店に、このアンモナイトの化石が、よく転がっている。

ヒマラヤの山の中で採れたものだ。

世界で一番高いヒマラヤの峰は、昔は、海の底であった。

その海の底が、今は、天に一番近い場所にむき出しになっているのだ。標高五千メートルを超えた、そうした岩の中に、アンモナイトの化石が眠っているのである。

およそ、五億年の眠りだ。

ヒマラヤという山そのものよりも、このアンモナイトの方が古い時間をくぐってきているのである。

アフリカから分かれたインド亜大陸が、年々数センチのスピードで海洋を北上し、ユーラシア大陸にぶつかったのが、およそ六千万年前である。そのぶつかった途方もないエネルギーが、天に向かって盛りあがったのが、このヒマラヤである。

その時のエネルギーと、ぼくらにとってはほとんど永遠に近い時間が、このアンモナイトの螺旋の中には眠っているのである。

その螺旋を、山の中でひろってきては、こういう露店商に売っている人間がいるのである。

小夜子が、この螺旋を大事にしていたことが、今は、ぼくにはわかるような気がする。

黒附馬牛村《くろつくもうし》で、お千代婆《ちよばあ》さんの座っていたあの螺旋を見たからである。

——月ノ森。

それが、あの螺旋のあった山の名前である。

標高九八七メートルの山だ。

東北では〝森〟と言えば山のことである。毒ケ森、毛無森、猫《ねこ》森、狼《おおかみ》森——色々な山に、森の名が付けられている。

早池峰山《はやちねさん》を含む北上山地は、古生代二畳紀の地質からなる隆起準平原である。この古生層を貫く、幅十キロほどの蛇紋岩《じゃもん》の層が、早池峰山の本体である。

古生代と言えば、およそ五億七千万年前から、二億四千万年前までの間のことだ。

そのごく初期の段階に、アンモナイトも、オウムガイも、この地球に発生したのである。

北上山地もヒマラヤも、同じくらい古い地質の層でできあがっているのである。

アンモナイトもオウムガイも、五億年から四億年前の海に生まれ、月の時間を喰《た》べながら、成長していった生物である。

どちらも、ひと月ごとの月のめぐりを、自分の身体に年輪のようにひとつずつ刻み込みながら、成長する。月など見えない海の底で、彼等はどうやって、その月の巡りを知り得たのだろうか——。

しかし、その説をここで語るために、ぼくはこの話を始めたのではなかった。

ただひとつだけつけ加えておけば、アンモナイトという種《しゅ》は今はほろび、現在ではオウムガイが何種か、南の海に棲息《せいそく》しているだけである。

地球の歴史の同じ時期に、同じように生まれた、生活形態も体形もほとんどよく似たふたつの種類の螺旋のうち、一方が何故《なぜ》生きのび、一方が何故、ほろびたのか。

アンモナイトが、今や化石種でしかないのは、アンモナイトという生き物の造る螺旋が、神秘学上、閉じた螺旋であったからだという神智学者《セオソフィスト》もいる。

オウムガイの螺旋が、めぐるたびに外に向かって大きく開いてゆく（しかも黄金分割の中心点に沿ってその螺旋は成長してゆくのだ）のに対して、アンモナイトの螺旋は、同心円上に生じた螺旋——わかりやすく言えば、同じ太さの縄《なわ》を巻いたような螺旋なのである。

オウムガイは時間に対して開き、アンモナイトは、時間を内部に閉じ込めていったのだ。

螺旋は、力だ。

神秘力と呼んでもいいし、進化力と呼んでもいい。それをどう呼ぶにしても、この世に満ちたあらゆるものの内部に、螺旋力が眠っていることは否定できない。

遺伝子の構造は、二重螺旋である。

原子核の周囲をまわっている電子の動きもまた螺旋である。

我々の地球もまた、太陽の周囲をまわる螺旋運動体であり、太陽はまたより巨大な銀河系と呼ばれる螺旋の一部である。

螺旋は成長する円だ。刻《とき》に沿って動く力が螺旋である。

輪廻《りんね》と呼ばれる運動系もまた、螺旋である。

そして、満ち欠けを繰りかえす月は、あらゆる螺旋力の象徴であった。

小夜子の話をしなければならない。

とにかく、小夜子が、この、ぼくが眼《め》の前にしている螺旋を、いつも大事にしていたことを、ぼくは知っていた。

その死の直前に、小夜子は、ぼくにその螺旋を、千々岩聡という男に手渡してくれと言って、死んでいったのだった。

何故、この螺旋を、ぼくは、千々岩聡に手渡さなかったのか。

少なくとも、ぼくには、二度、その機会があった。

一度目は、ネパールで、櫛形源治と会った時である。

二度目は、二十日余り前、小夜子の育った村である、東北の黒附馬牛村を訪ねて、本人に会った時である。

——何故、渡さなかったのか。

その理由を、ぼくは知っている。

ぼくの中で燃えている、暗い、青い炎があったからだ。

嫉妬《しっと》の炎だ。

その暗い炎が焼くのは、自分自身の肉体である。

ぼくは、千々岩聡に嫉妬していたのだった。

何故なら、小夜子が、常にその心に抱いていたのは、千々岩聡であったからである。

ぼくの腕の中に、抱き竦《すく》められた時でさえ、火を囲みながら、自分たちのいる異国の神話や伝説について話していた時でさえ、小夜子の心の中にあったのは、千々岩聡であったのだ。

抱きしめても抱きしめても、小夜子は遠い場所にいた。どんなに強い力を込めても、腕の間から、すり抜けてゆくものをぼくは感じ続けていたのである。

ぼくは、なんのかんのと理由をつけては、二年間のうちに、五度もネパールへ足を運んだ。

そこへゆけば、小夜子がいたからである。

書こうとする論文などは、もはやどうでもよくなっていた。

あの山の中の村にゆけば、そこの、小さな、小学校を兼ねた診療所で働いている彼女に会えたからである。

遠い異国で、小夜子に会えたことは、奇跡のようなものであった。

実際に、彼女は、ぼくのいいパートナーだった。

ぼくが原稿にした、呪法《ずほう》や民話や神話のいくつかは、彼女が見つけてきてくれたものであった。

そういう方面には、驚くほどに敏感なものを、小夜子は持っていた。

村のある場所で、いくつかの砕けた石を見つけた時、その石を拾いあげて、

「厭魅《えんみ》ね——」

と、彼女がつぶやいたことがある。

厭魅ならば、仕事というか、そういう方面の文化がぼくの研究対象だったから、ぼくも知っている。

藁《わら》人形に、呪《のろ》いたい相手の名を書き入れ、夜半に五寸釘《くぎ》を打ち込む——俗には、丑《うし》の刻《とき》

参りと呼ばれる呪法が、厭魅である。

その、小夜子の見つけた石が、厭魅に使われたものだと彼女は言うのである。

「まさか」

と思ったが、それが事実であったことは数日後にわかった。

その厭魅の法をやった男から、ぼくは実際にそれを耳にしたのだった。

まず、呪いたい相手の家に、ひとつの石を置いておく。最低で三日間である。その後に、その石を拾いにゆき、呪いたい相手の名を書き込み、満月の晩に、月光のもとでその石を別の石で叩《たた》いて砕くのだという。

ヌンマオ——そういう名前の呪法だという。

男からその話を耳にして、ぼくは、小夜子にすぐに会いに行った。

「きみの言ったことは本当だったよ」

ぼくが言うと、彼女は静かにうなずいた。

「でも、あの石を見ただけで、どうしてわかったの？」

「石だけじゃないわ」

「え？」

「あの石を見た前の晩は、満月だったでしょう」

「満月？」

「そうよ。だから、これはきっとそうなんじゃないかって――」

「どうして、そういうことがわかるんだい？」

「日本にも、満月の晩にやる呪法はあるわ」

「それを知ってるの？」

「満月の晩にね、その村で一番高い樹《き》のてっぺんに登って、月に向かって矢を射るのよ」

小夜子は言った。

こんなに美しいイメージを持った呪法があるのかと、ぼくは思った。

彼女の黒い瞳《ひとみ》が、遠い表情になって、哀切な色を溜《た》めていた。

それっきり、ぼくが、どんなに訊《たず》ねても、小夜子はその呪法については口にしなくなった。

その時、ぼくは、彼女の一番触れてほしくない部分に、触れてしまったらしかった。

何故、このような場所で、日本に帰らずに小夜子は働いているのか。

その秘密とも、その呪法が関係あるように、ぼくには思えた。

その呪法が、死ぬ前に彼女が口にした、魂月法《こんげつほう》だと、ぼくは、考えている。

彼女は、どこかで、その魂月法というのを見たことがあるのに違いない。

いや、もしかしたら、彼女は、自分でその呪法をこころみたことがあるのかもしれなかった。

だからぼくは、あの晩、訊《き》いたのだった。

しかし、源さんも、聡も、ぼくの問いには答えてくれなかった。

「どこで聴いたんですか、その魂月法というのを――」

源さんが、その時、ぼくに言った。

「小夜子さんからです」

「小夜子から？」

「ええ。村で、一番高い樹のてっぺんに登って、そこから満月に向かって矢を射る法だというふうに――」

ぼくは、自分の想像を含めて、源さんに言った。

この遠野《とおの》という土地は、昔から、『遠野物語』にもあるように、伝説や、奇妙な話の多い土地だ。東北地方には、アラバキ一族と呼ばれる、無数の鬼――原日本人たちが住んでいたとの記録もある。

このような呪法を残している村があってもおかしくはない。現に、四国のある村には、厭魅の法を行なう、イザナギ流の陰陽師《おんみょうじ》が、現代にもきちんと残っているのである。

「さあてね」

源さんは、ぼそりとつぶやいて、それきりその話題についてはひとことも触れなかった。

どのような呪法なのか。

いったい、何があったのか。

ぼくの眼の前に転がっている螺旋には、いったいどのような意味があるのだろうか。

小夜子のことで、今、ぼくに残されているのは、哀しすぎるほど多くの思い出と、この螺旋だけであった。

小夜子は、ぼくと一緒に山に登り、落石に打たれてこの世を去っていったのである。

その小夜子の体温と、想《おも》いがこもっているのが、この螺旋なのだった。

ぼくは、長い間、アンモナイトの黒い螺旋を見つめていた。

ふと、ぼくは、この螺旋を、聡に渡してもいい気持になっていた。

そのかわりに、どうしても、知りたいことがあった……。

2

聡から電話があったのは、アンモナイトの螺旋を送ってから、二日後であった。

「受けとりましたよ」

彼は言った。

静かな声であったが、その声の中に、どうしても押さえきれない興奮——悦《よろこ》びのようなものが混じっているのを、ぼくは感じとっていた。

得体の知れない嫉妬が、ぼくの心を焼いた。

間違いなく、ぼくの知らないものが、ぼくの手を経て、小夜子から聡に届けられたのだということを、ぼくは知った。

死んでなお、小夜子と聡とは通じあえているのである。

「約束は守ってもらえるんでしょうね」

ぼくは言った。

「もちろんですよ」

聡が言った。

ぼくは、三日前の晩、千々岩聡に電話を入れたのだった。

小夜子から、死ぬ前にあずかったものの話をし、それを聡に渡してくれと頼まれたことまで、ぼくは聡に語った。

それを受け取りたいという聡に、ぼくは、条件を出した。もともとは、聡が受けとるべきものではあったが、この機会を逃がすわけにはいかなかった。

それは、小夜子からあずかったアンモナイトの化石を渡すかわりに、魂月法について、どうしても教えてほしいというものであった。

それを、聡は承知し、そして、ぼくはその螺旋《らせん》を送ったのである。

「しかし、今、電話でというわけにはいきません」

聡は、低い声でぼくに告げた。

「じゃ、いつ？」

「四日後は、いかがですか」

「四日後？」

「はい」

「どうしてですか」

ぼくが言うと、聡は小さく笑った。

「満月だからですよ」

「満月？」

「しかも、小夜子が死んでから、ちょうど十二回目のね――」

「――」

「また黒附馬牛村まで来ませんか。四日後の晩に、こちらでなら、あなたに色々と教えてあげられると思いますから——」

四章　四方《しはう》の夜の鬼神《きじん》をまねき

1

ぼくと最初に出会った時、すでに、櫛形小夜子《くしかたさよこ》は半年近くも、ネパールに住んでいた。

住んでいるのは、ポカラという街から、ジョモソム街道を西へ二日ほど歩いた場所にある小さな村《ガオン》だった。

街道と言っても、車は通らない。

人は、徒歩で歩くだけだ。

古く、インドとチベットとの交易に利用された道で、石畳の路《みち》になっている場所もある。

ある時は、河に沿い、ある時は山道となる街道である。

その街道から、北側のアンナプルナの山麓へ、少し入ったところに、小夜子の住んでいるプルパニという村があった。

ネパール語で、プルが橋、パニが水という意味で、それを合わせてプルパニである。名前の通り、川と橋の多い村だった。

その村に、ささやかな水力発電の設備を自費で造ろうとしている、イギリス人夫婦の医者のところで、小夜子は働いていた。

二カ月に一度のわりあいで、そのイギリス人夫婦は、カトマンズまで買い出しに出る。ぼくが小夜子と会ったのは、その買い出しの日だったというわけだ。

「本当は、ひとりが残って、留守番をしてないといけないのよ」

小夜子は言った。

山の村の診療所で、入院するような患者はむろんいないのだが、問題は、人ではなく、発電機の方なのだという。

一日、家を留守にすると、川の水を利用して造った発電機が動かなくなっている。村の人間の誰《だれ》かが、発電機の中の、金になりそうな部品を盗んでいってしまうからである。

ようやく最近になって、そういうことも減ってきたのだという。

それで、小夜子も、イギリス人夫婦の後について、カトマンズまで出てきていたのであった。

その村の場所を訊《き》いて、ぼくは、予定していたフィールド・ワークの仕事を、一週間ほど早めに終らせて、通訳の人間も連れずに、その村を訪れたのだった。

予期していたほどの成果をみることなくその村を訪れたぼくは、そこで、神話ではなく、今もなお生き続けている呪詛《すそ》に出会ったのだった。

すでに話したと思うが、厭魅——ヌンマオに利用されたらしい石を、小夜子が発見したのも、ぼくのその最初の滞在の時であった。

ぼくが、神話や民話、そういう方面の伝聞を採集しているのだということを小夜子が知っていて、偶然にその石を見つけた時に、それをぼくに教えてくれたのだった。

〝魂月法〟という呪詛の名を、小夜子の口から耳にしたのもその時だった。

そうして、ぼくは、その呪詛の村に——正確には小夜子のもとに、日本から通うようになったのだった。

その村からすぐ上の村——といっても一時間は徒歩で歩くことになるのだが——が、チベッタン系の村になっており、ぼくの仕事にはちょうどよかった。

「この村は、わたしの住んでいた村に似ているわ」

ある時、小夜子がそう言ったことがあった。

「わたしの村にも、橋が多かったわ」

小夜子は、ぼくをあの眼《め》で見つめながら、ぽつりぽつりと、自分の村のことをきわめて少ない情報量ではあったけれど、話したりしてくれたのだった。

そんな時、彼女は、ひどく遠い眼つきをした。

小夜子は、いつも、螺旋を持っていた。

黒い、アンモナイトの化石である。

幼児の拳《こぶし》ほどの大きさのものだ。

ポカラの街の、露天の土産物屋に行けば、どこにでも並んでいるやつだ。

二度目に、プルパニの村を訪れた時には、すでに、ぼくはそのことを知っていた。

彼女はいつも、ポケットのどこかに、その螺旋を忍ばせていた。

「いつも、その化石を持っているんだね」

ある時、ぼくは、そう訊いたことがあった。

「これがあると、とても安心するの」

その時、彼女は、淋《さび》しげな声で、ぼくにそう答えたのだった。

2

山は、巨大だった。

まるで、宇宙が眼に見える岩の塊となってそこに転がっているようだった。

その岩の襞《ひだ》の間を、ぼくと小夜子とは、虫のようになって、黙々と歩いた。

空気が薄い。

ぼくらの歩いているそこは、富士山よりも高い場所だ。富士山よりも高い場所を歩いているのに、まだそこは地上で、遥《はる》か頭上に天がある。

蒼《あお》い天だ。

その蒼い天を見ていると、自分が盲人になったような気持になる。

ただ一色の蒼。

それは、どのような色にも見える。

その向こう側に、宇宙の色が透けて見える蒼だ。

歩くにつれて、左右の岩襞の間から、アンナプルナ南峰の、白い岩尾根が、時おり見える。

うっとりするような、眩《まぶ》しい白だ。

その白を見たり、岩や、水や、枯れかけた高山植物を足元に見つけたりしながら、ぼくらは、岩を踏んでいった。

ゆっくりと歩く。

酸素の量は、およそ、地上の三分の二だ。

あまり急ぐと、息切れがする。

肌《はだ》に薄くかいた汗は、たちまち、乾いた大気に溶けてゆく。

軽い頭痛があった。

高山病の初期の症状だが、気にするほどではなかった。

むしろ、ぼくの気分は、最高の状態にあったと言ってもよかった。

自分の心臓の鼓動《こどう》、呼吸、それらと前に踏みだしてゆく自分の足のリズムが、ひとつになっている。

疲労すらが、心地《ここち》良かった。

自分のリズムが、ゆっくりと、一歩ごとに山と同化してゆく感覚。ぼくは山に溶け、肉体が宇宙と重なってゆく——。

後方から聴こえてくる、小夜子の呼吸音。

それらがぼくを酩酊《めいてい》状態にしていた。

山は、山であった。

山もこれだけ巨大になると、その裡《うち》に宇宙を内在させている。

荒々しいだとか、清浄だとか、そういう人間の言葉が届かない場所に、すでに山は行ってしまっている。いや、行ってしまっているのではない。ただ、山は、そこにそうやってあるだけだ。

ただ、巨大な無垢《むく》である。

地球が、そこで宇宙に剝《む》き出しになっている。

ぼくらは、一匹の虫になることができるだけだ。

ただの生き物になる。

ただの生き物になって、宇宙や、山が共有している時間の中へ入ってゆくのだ。

溶けながら、満たされてゆくようであった。

——五度目のネパールであった。

ひとつの決心をして、ぼくは、五度目のネパールの土を踏んだのだった。

肝腎《かんじん》の仕事は、ほとんど手つかずの状態であった。

拾い集めた、ネパールの神話や伝説が、雑然とぼくのノートに記され、それが溜《たま》ってゆくだけだった。

ぼくの頭の中を占めていたのは、ネパールの神々の伝説や、民話ではなく、ただひとりの女性のことであった。

ぼくのその気持は、おそらくは小夜子に伝わっていたに違いない。

いや、伝わっていたのだ。

伝わってはいたが、それは、ぼくが自分の口から直接伝えたものではなかった。

誰だって、日本から何度も、自分の所へ足を運んでくる男がいれば、その男が自分に対してどういう感情を抱いているかはわかる。

ぼくは、いったい、何を待っていたのだろうか。

小夜子が、自分の方から、ぼくのことを好きだと告白してくれることをだろうか。

もしかしたら、ぼくは、小夜子に拒否されることをすら、望んでいたのかもしれなかった。

ぼくは、彼女がぼくに寄せてくれる好意のようなもの——そういうものを確かに感じとることができた。そうでなければ、いくらなんだって、遠い異国まで、何度も足を運べるものではない。

ぼくが知りたかったのは、その彼女の好意が、それ以上のものであったのかどうかということであった。もしくは、彼女の好意が、好意以上のものに変わってくれることを、ぼくは望んでいたのだった。

だが、ぼくにはわかっていた。

小夜子に、好きな男がいることを。

あたりまえだ。

ぼくが、小夜子を好きだったからだ。

ぼくは、小夜子のどんな表情も見逃がさなかったし、どんなに小さな仕種《しぐさ》でさえ、見逃がさなかった。

そのことに気づいたのは、ぼくが二度目にネパールを訪れた時であった。

何の話をしている時でも、小夜子の心は、ここではない別の場所にあった。

どんなに熱心に話をしていた時でさえ、彼女の眼は、ぼくではないもっと遠くのものを見つめているようであった。

初めて会った時の、あの眼だ。

白い山の頂よりも、さらに遠くのものへ向けられている眼だ。

「呪《しゅ》というものは、心の弱い人のためのものなのよ……」

ある時、彼女がそう言ったことがあった。

「ひとを縛ったつもりになっても、あれは、結局自分を縛ってしまうのね」

彼女は、その時微笑したが、それはひどく淋し気な微笑だった。

「まるで、自分で誰かに呪法をかけたことがあるみたいな言い方だね——」

ぼくは言った。

彼女は答えなかった。

答えずに、ぼくに同じ微笑を向けたまま沈黙していた。

その時、ぼくは、何故《なぜ》だかはっきりわかったのだ。

——小夜子には好きな男がいる。

いつも、彼女はぼくのそばにいながら、もっと遠くにいる——そういう距離感や、その他《ほか》のことの何もかもがぼくには了解できたのだった。

この国と、日本との距離——それだけの距離を必要とするものを、彼女は、その細い身体《からだ》の内部に持っているのだ。

その時から、ぼくのネパール通いが、狂おしい、辛《つら》いものへと変わったのだった。

ぼくが、彼女に見たのは、眼に見えない壁であった。ぼくが、彼女の内部に入り込もうとすると、その壁にぶつかってしまうのだ。

しかし、そのことに関するどのような話も、ぼくと小夜子とは、したことがなかったように思う。

そのことに触れるのが、ぼくは怖かったのだ。

むろん、彼女の方から、そのような話題が口をついて出ることはなかった。

四度目に、ネパールを訪れた時、ぼくは気づいた。

彼女が、次第に、ぼくのことを重荷に感じはじめていることをである。

それもあたりまえであった。

短い期間に、普通の男が、仕事がらみとはいえ、外国に住む女の元へ、そう何度も足を運べるものではないのだ。その女に対して、特別な感情を抱いているのでない限りは、である。

その特別な感情を、ぼくは彼女に対して抱いていたし、その特別な感情がどのくらいのものであるのかは、ネパールと日本との距離と、それにかかるフライト代、そして、その回数が、ぼくが口にせずとも、自《おの》ずと彼女に語っていたことになる。

ぼくが彼女によせている想《おも》いが、彼女にとっては重荷になりつつあるのだった。しかし、それがいくら重荷であるにしても、彼女は、それをぼくに言うことはできない。ぼくが、自分の気持を彼女に伝えない限りは、である。

ぼくが最初に告白する。それが順序だ。そうすれば、この恋とは呼べないかもしれない、ぼくの一方的な想いの行方については、彼女に下駄《げた》をあずけたことになる。

だから、ぼくは、小夜子を、トレッキングに誘ったのだった。

それは、ずるいやり方であったろうか。

トレッキング——ネパールの山麓《さんろく》を、歩いてまわる旅である。

三泊四日の、ささやかなトレッキングだ。

アンナプルナの懐《ふところ》深く入り込んで、五千メートル近い場所でキャンプをし、そして帰ってくるコースだった。

ふたりだけのトレッキングだ。

テントはひとつ。

以前に、一度、小夜子を雇っているイギリス人夫婦と一緒に、四人で行ったことのあるルートだった。

そのトレッキングの最中に、ぼくは、ぼくの気持を彼女に伝えるつもりだった。もし、彼女が、ぼくとのそのささやかな旅を断るのであれば、それはひとつの答として受けとめようとぼくは考えていた。

そのトレッキングに、彼女が同行することになった時、ぼくの心は、震えた。それは、たぶん、喜びの震えであったろう。

もし、彼女がそのぼくの申し出を受けてくれるのなら、それは、やはりひとつの答であろうと、ぼくは考えていたからである。

おそらく、ぼくが、小夜子とのことで、もし至福の時を得たことがあるとすれば、そのささやかなトレッキングの最中がそうであったろう。

ぼくらは、ほとんど言葉もかわさずに、細い山の道を歩いた。かわされた言葉は、ごくわずかであった。それでも、ぼくは、ぼくらの間に、初めてと言ってもいい、何ものかを同じ時間に共有しているという空気を感じていた。それが、仮に、多少なりとも不安の混ざったものであったとしてもである。

それすらも、ぼくの錯覚であったとは思いたくない。

枯れかけた竜胆《りんどう》の花をのぞかせた石を踏み、落葉の匂《にお》いを嗅《か》ぎながら、ぼくらは、ゆっくりと、秋の山の中へ登って行った。

登るにつれて、秋が深まってゆく。

プルパニの村では、まだ、夏の名残《なご》りさえ感じられた風景が、ぼくらが高度をかせぐにしたがって、秋になってゆく。日本の秋と、驚くほど似ていた。

紅葉したダケカンバの森を、湿った落葉を踏みながら登る。踏みしめる登山靴の下で、ダケカンバの落葉が潰《つぶ》れ、その下の腐蝕土《ふしょくど》から、歳《とし》へた山の土の匂いが空気に溶ける。

そういう匂いや、樹肌《きはだ》の匂いや、草の匂い、時折道端に落ちている山牛《ヤク》の糞《ふん》の匂い——様々な匂いまでが、登るにつれて、変化してゆく。

時折は、後方から、小夜子の汗《あせ》の匂いや、髪の匂いまで漂ってきたりした。

森を抜け、ぼくらは、谷の道を歩いた。ダケカンバの谷だ。

黄金色に染まったダケカンバの葉が、風に舞いあげられ、幾千、幾万もの群となって、蒼《あお》い虚空《こくう》に吸い込まれるように、谷の上空の光の中を天に向かって昇ってゆくのも見た。

その遥《はる》か向こうに、ヒマラヤの白い峰が見えている。

ぼくらは、無言で足を止め、その光景をいつまでも眺めていたりした。

ぼくらがキャンプを設営したのは、正面にアンナプルナの岩峰が見える、黄葉したダケカンバに囲まれた谷であった。

谷の中心に、氷河から溶け出した川が流れていた。

冷たい水であった。

手を、二十秒と差し込んでいられない。

風もまた冷たくなっていた。

ぼくらはザックの中からセーターを出してそれを着た。

高い崖《がけ》の下にある大きなダケカンバの根元にテントを張り終えた時には、眼《め》の前のアンナプルナの白い岩峰が、赤く染まっていた。

もう、とっくにこの谷には差し込まなくなった陽光が、まだ、成層圏に近い山の頂には、差しているのである。

黄金の色を含んだ、深い色をした赤だ。

ヒンドゥーの神々にささげられた、何かの灯《あか》りのように、谷がすっかり暗くなってからも、天の一角の白い岩峰にだけは、いつまでもその赤い色が消えずに点《とも》っていた。

ぼくらのかわす言葉は、さらに少なくなっていた。

その晩、テントの中で、寝袋に潜《もぐ》り込んでからも、ぼくらはなかなか寝つかれなかった。

寝袋の中で、ひとつふたつの言葉をかわすと、あとはもうかわす言葉が失《な》くなっていた。

ぼくは、闇《やみ》の中で、眼を開いたまま、いつまでもテントの天井を見つめていた。

横で寝ている小夜子の呼吸が、ぼくの耳に届いてくる。

ぼくの耳で、何かが鳴っていた。

ぼくの心臓の音だった。

闇のどこかの、高い場所で、岩の音がした。

岩が、岩にぶつかる音だ。

その音が、闇の中を近づいてくる。

停《と》まった。

ぼくらのテントの背後にある崖の一部が崩れたのだ。そして落ちた岩が、崖の途中で停まったのである。

その岩は、ぼくの胸の中に転げ落ち、そうして、そこに停まったようであった。

ふいに、ぼくの唇《くちびる》から、言葉がついて出ていた。

「起きているんだろう？」

ぼくは言った。

闇の中で、肯《うなず》く気配があった。

また、沈黙があった。

彼女の呼吸音。

ぼくの心臓の音。

それに、耐えきれなくなったのはぼくだった。

「好きなひと、いるんだろう？」

ぼくは言った。

しかし、それはぼくが言おうとしていた言葉ではなかった。

——何を言っているのだ。

ぼくは、自分で言ってしまった言葉に、自分で歯を軋《きし》らせた。

そんなことを訊《き》くつもりではなかったのだ。

好きだと、それだけを言うつもりだったのだ。

闇の中で、彼女がうなずく気配があった。

ぼくの胸に、痛みが疾《はし》った。

呼吸が苦しくなるような痛み——

その痛みを、彼女にさとられまいとするように、ぼくは、そろそろと息を吸い込み、吐いた。

「その男のひとは?」

ぼくは訊いた。

その彼女が好きだという男が、彼女のことをどう想っているのかを、ぼくは訊《たず》ねたのだった。

それも、ぼくが言おうとしていることではなかった。

彼女は答えなかった。

低く、彼女の呼吸音が届いてきた。

彼女は泣いているのだった。

ぼくはまた、言葉に詰まった。

長い間、ぼくは、言葉を捜し続けていた。

いや、捜す必要はなかった。

言葉は、ぼくのすぐ近くにあった。

ぼくが捜していたのは、その言葉を言うための、勇気だった。

しかし、二十歳も半ばを過ぎた男が捜すにしては、なんとささやかな勇気であったろうか。

長い沈黙があった。

その沈黙の果てに、ようやく、ぼくはそれを言ったのだった。

「好きなんだ」

ぼくの声は、低く、少ししゃがれていて、そしてうわずっていた。

また、長い沈黙が、テントを満たした。

ぼくには、どうしていいかわからなかった。

もう一度、同じ言葉を繰りかえそうとした。

いや、それより前に、ぼくは、彼女の方に向きなおり、彼女を抱き寄せて、そのまま唇を奪ってしまいそうだった。

——その時。
ぼくの右肩に、そっと触れてきたものがあった。
彼女の指であった。
ぼくは、身をよじって、彼女の方に向きなおった。
すぐ近くに、彼女の顔があった。
ぼくの眼の前に、黒々とした、彼女の瞳《ひとみ》があった。
ぽっと、テントの中が明るくなっていた。
ほのかな、青い灯りだ。
谷の端から、月が顔を出したらしかった。
もう、ぼくは、我慢できなかった。
彼女をひき寄せていた。
少年のように、胸がときめいていた。
抱きしめた。
力の限り、抱きしめた。
どんなに力を込めてもたらなかった。
唇が、触れあった。

彼女はTシャツを着ていた。

そのTシャツの下の甘やかな素肌が、ぼくの腕の中にあった。

至福を、ぼくは味わった。

その瞬間こそが、ぼくの恋の成就であった。

ぼくの手は、彼女の胸に伸ばされた。

Tシャツの上から、胸を、掌《て》の中に捕えた。

柔らかな胸であった。

その中心に、堅くなった乳首がある。

舌先を触れ合わせて、ぼくらは唇を離した。

「知ってる?」

彼女が訊いた。

「何を?」

「炎の横のバターは溶ける、って――」

「何?」

「この国のことわざよ」

それは、ぼくのことを言っているのか、彼女が自分自身のことを言っているのか、ぼくにはわからなかった。

　眼を見つめ合った。

　その彼女の眼が、ふっと上に向けられた。

「月……」

　と、彼女がつぶやいた。

　彼女も、明るくなった、この光のことに気づいたらしかった。

　その瞬間から、ぼくの腕の中で、彼女が遠のいてゆくのが、ぼくにはわかった。

　ぼくの腕の中にいるはずの小夜子が、ぼくの腕の中から逃げてゆく。

　ゆっくりと、ぼくらは、身体《からだ》を離した。

　長い間、ぼくらは黙っていた。

「外へ、出るわ」

　彼女が言った。

「外へ？」

　ぼくは、かすれた声で言った。

「月を、見たいの」

　彼女は言った。

ぼくらは、テントの外へ出た。
セーターを着、ウィンドヤッケを身につけていた。
ぼくらは、小さな岩の上に立った。
そこは、青い、海の底であった。
遠く、遥《はる》かに、アンナプルナの白い雪の峰が見えていた。
そこに、しらしらと、天から月光が差していた。
満月であった。
月光は、ぼくらのいる谷にも、降りそそいでいた。
ダケカンバの梢《こずえ》の向こうに、星が見えていた。
満月だというのに、凄《すご》い星の数であった。
天のどこかにいるようであった。
地球ではない、どこかに、ぼくらはふたりきりでいるようだった。
ダケカンバの下から出ると、さらに満月の光はぼくらの周囲に満ちた。
このような光景があるのかと思った。
澄んだ、ガラス質の月の音が、耳に届いてくるようだった。
ぼくは、彼女から数歩離れた場所で、胸をしめつけられる思いで、彼女のその後ろ姿を見ていた。

その時——

音が聴こえたのだった。

右手の上方——崖の上からであった。

岩が、岩にあたる音。

落石だ。

頭上のどこかで、その音がふいにとぎれた。

石がとまったのかと、ぼくは思った。

そうではなかった。

落ちてきた石は、崖の岩にはじかれて、宙に飛び出していたのだ。

ふいに、小夜子が倒れた。

声もあげなかった。

棒のように倒れた。

ぼくは、最初、何がおこったのかわからなかった。

低く、彼女の名を呼んだ。

彼女は答えなかった。

ぼくは、彼女へ駆け寄った。
彼女を抱き起こした。
その手が、ぬるりとした、なま温かいもので濡《ぬ》れた。
血だった。
落ちてきた石が、彼女にあたったのだ。
ぼくは、その時、悲鳴をあげていたように思う。
その悲鳴が、彼女の眼を開けさせた。
彼女が、ぼくを見た。
「ポケットに……」
と、彼女が言った。
彼女の右手が動いて、ヤッケの右のポケットをさぐろうとしていた。
かわりに、ぼくは、そのポケットに手を突っ込んだ。
堅いものがあった。
ぼくは、それを取り出した。
あの、石の螺旋《らせん》であった。
アンモナイトの化石だ。

それを、ぼくは、彼女の右手へ握らせた。

どくどくと、彼女の髪の中から、血があふれ、ぼくの腕を、肘《ひじ》を、膝《ひざ》を濡らしてゆくのがわかった。

ぼくは、彼女の名を呼んだ。

彼女は、眼を開いていた。

その眼は、ぼくを見ていなかった。

月を見ていた。

その両手は、ぼくが渡したアンモナイトの螺旋を握りしめていた。

「満月で、よかった」

低く、彼女が言った。

そう言った彼女の唇には、微《かす》かな笑みさえ浮かんでいた。

ぼくは、彼女の身体から、生命がどんどんと抜け出してゆくのを、どうしようもなかった。

タオルで、傷口を押さえることさえ、ぼくは思いつかずに、ただ、彼女を抱きしめていた。

「魂月法なんて、やらなければ……」

彼女はつぶやいた。

「え?」

ぼくは訊いた。

彼女の言う言葉のどんなささいなことも、聴き逃がすまいとした。

「お願い……」

はじめて、彼女が、ぼくを見た。

「この石を、わたしが死んだら、千々岩聡《ちぢいわさとる》という人に、渡して――」

言った。

「え?」

「渡して、千々岩聡に――」

ぼくは、うなずいた。

うなずいて、テントに向かって走った。

タオルと、薬を取りにゆくためだ。

おそらく、その時も、ぼくは悲鳴をあげていたに違いない。

そして、ぼくが、タオルと、彼女の傷をふさぐにはあまりにも小さなリバテープを持ってきた時、彼女は、その岩の上で、死んでいたのである。

月光を真上から浴びながら、彼女は眼を開き、胸の上に、あの螺旋を両手で握りしめたまま、月を見ながら微笑していたのだった。

五章　月は射そそぐ銀の矢並

1

満月だった。
東の空に、大きな青い月が出ていた。
ぼくの立っているこの小高い丘からは、さっきまで黒附馬牛村《くろつくもうし》がよく見えた。
しかし、今は、それも闇《やみ》の中に沈んでしまっている。
誰にも内緒で、この場所で待っていてくれと、聡に言われたのである。
だから、今日、ぼくがこの場所にいることは、源さんも知らないのである。
この場所――
黒附馬牛村で、一番高い樹《き》の立っている場所であった。

それは、大きな杉《すぎ》の樹であった。

聡が言うには、樹齢二千年以上にもなるらしい。

胸の高さで、大人が四人手をつないでも、囲みきれるかどうかというくらいの太さがある。

高さは、三十メートルを越える。

この杉を最初に見た時、ぼくは、その量感に圧倒された。

樹というよりは、大地から生え出た、巨大な意志の塊りのようであった。

その樹の下に、ぼくは立っているのだった。

その樹を背にしているだけで、背から、その量感が伝わってくるようであった。

風が出ていた。

頭上で、しきりと、杉の梢《こずえ》が葉をざわめかせている。

頭上に、海があり、その波の音を耳にしているようであった。

「やあ、来たね」

その時、ふいに、横手から声がかかった。

「きたよ」

ぼくは、言った。

聡が、いつかと同じ、ジーンズ姿でそこに立っていた。

2

月の光と、まだ西の空に残っている空の明りとで、聡の姿も表情も、まだなんとか見てとれた。

「いい満月だ」

聡は、ぼくの横まで歩み寄ってくると、東の空に輝きを増してゆく月に眼《め》をやった。

その眼が、うるんできらきらと光を帯びている。

外見は静かでも、その身体のうちは、興奮に包まれているらしい。

「教えてくれる約束だった」

ぼくは言った。

「ああ、約束は守るよ」

聡は、ぼくの方に向きなおった。

顔を見つめあってから、

「この樹なんだろう?」

ぼくは言った。

「そうだ」

聡は、微笑さえしながら、答えた。

初めて会った時の印象を思えば、別人のようであった。

「この樹に登って、小夜子は、魂月法をやったんだよ」

「やっぱりあったんだな、魂月法という呪法《ずほう》が――」

「ああ」

「どういう呪法なんだ」

「あんたが言った通りさ。満月の晩に、たった独りでこの樹のてっぺんまで登り、天の満月に向かって、弓で矢を射かけるんだ」

「――」

「ただし、裸でやらなくちゃあいけない。矢の先に、自分の経血を塗り、矢筈《やはず》には相手の陰毛を結びつける……」

「相手の？」

「恋しい男の陰毛さ。これは、月と血の繫《つな》がっている、女にだけできる呪法さ――」

「だから、どういう効き目のある呪法なんだ？」

「好きな男が、自分に惚《ほ》れてくれるようにするための呪法だよ」

聡が言った。

「じゃあ、小夜子は――」

「小夜子は、魂月法で、おれに呪《しゅ》をかけたのさ」

「なんだって？」

ぼくの心の中に、白い裸体を青い月光の下にさらしながら、この樹を、天に向かって登ってゆく小夜子の姿が浮かんだ。

ぼくの眼の前にいる、この男の心を自分のものにするためにであった。

「そうだよ。だから、小夜子は、おれの元から去ったんだ」

淡々と、聡がいった。

「どうしてだ。呪法は効いたのか――」

「効いたよ。あんな矢なんか射る前からな。おれは、ずっと前から小夜子が好きだったんだ……」

言って、聡は、ちらりとぼくの眼の中を覗《のぞ》き込んだ。

「たぶん、あんたよりもな」

と、つけ加えた。

「だから、その小夜子が、どうして、ネパールなんかに行ったんだ？」

「逃げ出したんだよ」

「何？」

「人の心を、呪《しゅ》で縛るということが、どういうことかわかったからさ」

「――――」

「小夜子は、いくらおれが小夜子のことを好きだと言っても、信じられなくなっちまったんだよ」

「どうしてだ？」

「自分の呪が効いたためだと、彼女は思い込んでいたんだよ。半年も、彼女はもたなかった。おれが、好きだという度に、小夜子は泣いたよ。それで、おれに呪をかけたのを、告白したんだ」

普通の人間なら、この聡の話をどう聴くだろうか。

呪法が生きている村。

その村で、実際に呪法を信じ、その呪法を行った女性がいて、かけられた男がいるのだ。

「信じなくたっていいぜ。今どき、呪法だのなんだのにふりまわされてる人間がいるなんてな――」

聡が言った。ぼくは、小さく首を振った。

ようやく、ぼくには、小夜子が何故《なぜ》ネパールに行って、もう日本に帰ろうとしないのか、わかりかけていた。

「しかし、最初から、あんたは、小夜子を好きだったんだろう。それなら、何故、小夜子は、わざわざあんたに呪法をかけたんだ？」

「おれが、小夜子に、わざと冷たくしていたからだよ」

「わざと？　何故だ？」

「おれの生命《いのち》が、あまり長くないからだ――」

「長くない？」

「癌《がん》なんだ。おれは、遅くとも三十歳になるまでに死ぬ。それが、千々岩家に生まれた男子の七割の運命なんだよ」

「わからないな」

「おれたちは、血が濃い。血のつながりのある人間同士が結婚を重ねているうちに、そうなってしまうんだ」

聡は、言ってから、自分の髪を掻《か》きあげた。

右よりの、額《ひたい》の毛の生《は》え際《ぎわ》に、青い痣《あざ》があった。

「見えるかい——」

と、聡は言った。

その痣のことを言っているらしかった。

「ああ」

ぼくはうなずいた。

「この痣はね、おれが生まれた時にはなかったんだ——」

「——」

「十七歳の時に、できた痣だ——」

「その痣が何だというんだ」

「千々岩の血を引く者はね、みんな長命なんだ。三十歳までに死ななければね。九十歳から百歳までは、みんな生きる——しかし、この痣ができた者は違う」

低いけれど、はっきりした声で聡は言った。

「この痣が出た者は、ほとんど例外なく、これまで癌で死んでいるんだよ」

「——」

「男にしか、出ない痣なんだ。どういう具合でそうなってるのかはわからないけどね。千々岩の男の七割までは、遅くとも二十歳になるまでの間にこの痣ができて、そして、癌で死ぬ……」

「そんな――」

「おれだって、どうしてだかわからないよ。でも、そうなんだ。癌ていうのは、遺伝するんだろう？　そういう遺伝子をもらったっていう印が、この額の痣なんだ――」

「でも、手術をすれば――」

「だめだったよ。早期発見、手術、みんなだめだ。手術で癌を摘出しても、すぐに次の癌が出る。転移なんてものじゃない。身体《からだ》中のあちこちに癌が出てくるんだ。手術で、長く生きても、せいぜい半年さ――」

淡々とした聡の声が、痛いほど、ぼくの胸を打った。

「こういう男を、小夜子が好きになっても、何かいいことがあると思うかい？」

ぼくは、答える言葉を持っていなかった。

しかし、もうひとつ、訊《き》きたいことがあった。

「お千代婆さんのことは？」

「この村じゃね、死んだ人間の魂は、みんなあのオミダマ石の山に登って、昇天していくんだよ。ただし、満月の日に死んだ者に限ってね。それでみんな、あのオミダマ石の上で休んでゆく――」

「オミダマ石？」

「あの、大きなアンモナイトの化石さ。知ってるかい、どんな螺旋《らせん》でも、螺旋には必ず神秘力がある。月の霊光力と同調する力さ。月は、螺旋だからね。満ち欠けする月は、昔から陰陽の螺旋の象徴さ。そして、時間のね。時間《とき》もまた、螺旋なんだ。その螺旋の中に、小夜子は、自分の想《おも》いを封じ込んだんだよ」

歌うように、聡は言った。

「しかし、普通の者には、見えない。この村の人間か、月の神秘力を持った人間でなければ、昇ってゆく魂を見ることはできない――」

「でも、ぼくは見た」

「それは、君が、その時、月の神秘力に感応していたからだよ。この螺旋を持っていたからだよ――」

「――――」

「声をかけたり、後をつけたりすると、昇ってゆく魂は、神秘力を奪われて、成仏《じょうぶつ》できなくなってしまう。だから、あの時、お千代婆さんに声をかけたり、後をつけたりしなかったろうなって、源さんが訊いたんだよ」

「本当のことか？」

「信じる信じないは勝手さ。おれは、おれの知ってることを話しただけだからね」

聡の声がさらに高くなり、歌うような調子が強まった。

「これは、小夜子さ。間違いなく小夜子さ」

聡が、自分のポケットから、螺旋を取り出した。

ぼくが送った、小夜子の螺旋だった。

激しい嫉妬《しっと》の思いがぼくのうちにこみあげた。

――返してくれ。

ぼくはそう叫びたかった。

「もう一度、小夜子に会いたくないかい?」

ふいに、聡が言った。

「なに!?」

「小夜子にもう一度会いたくないかと訊いたんだよ」

「そんなことができるのか?」

「できるさ、間に合ったからね。小夜子の思いがこもった、この螺旋が手に入ったからね。今日は、満月の晩じゃないか。おれにはわかるよ。小夜子が、どれだけおれのことを想っていたかがね。この螺旋を触わればそれがわかる。これは、小夜子だ」

熱にうかされたような声で、聡は言った。

聡は、ぼくの渡した螺旋に頬《ほお》ずりをした。

「どうやって、会うんだ」

「小夜子を、この中から呼ぶんだよ。おれならばそれができる。おれだからそれができる。おれならば、それをやってもいいんだ。だから、小夜子は、自分が死ぬ時に、これをおれに渡してくれるように、あんたに頼んだんだよ。よかったよ。おれがどんなに感謝しているか、あんたにはわかるかい。あんたが、小夜子のそばにいてくれて、本当によかった――」

はっきりとした狂気の色が、月光を受けた聡の瞳《ひとみ》の中に宿っていた。

そして、おそらくは、ぼくの眼の中にも、聡と同じ狂気の色が浮かんでいたろう。

「しかし、もう、ぼくはその螺旋を持ってはいないよ――」

「だいじょうぶ。見えるさ。きっとね。一度見たら、そういう道が、意識の中にできあがってしまうんだ。螺旋の回路《みち》みたいなものがさ。見れるんだよ。小夜子をね。もう一度だ。君にも、権利がある。小夜子を見る権利がね。小夜子に惚れてたからだ。おれから小夜子を奪ったっていいんだ。邪魔できるんならね。そういう権利まで、おれは奪うつもりはないよ――」

聡の声が、不気味なほど高くなり、うわずっていた。

眼が異様な光を放っていた。

「小夜子は渡さないよ」

「聡！」

ぼくは叫んでいた。

「待ってるんだ。あの、オミダマ石のそばでね。先に行って待ってるんだ。小夜子が今夜、夜半に登ってゆくから。おれは、準備をしなくちゃいけないからね。準備ができたら、おれも、あとからオミダマ石までゆくから……」

言うなり、聡は、眼をぎらつかせて、大きく身をひるがえしていた。

もう、すっかり夜になっていた。

たちまち月光の闇の中に聡の姿は溶けて消え去っていた。

ぼくの頭上で、ざわざわと杉が鳴っていた。

満月が、異様なほど、その輝きを増していた。

終　章　わたるは夢と黒夜神《こくやじん》

長い間、ぼくは草の中に身を埋《うず》めたまま待っていた。

夜気は冷え込んでいた。

たった一カ月で、おどろくほどの冷えようだった。

周囲の草は、すっかり枯れた色をしていた。

その上をわたってゆく風の音も、すでに、一カ月前のそれではない。

秋の紅葉が、月の森を包んでいた。

暗い森の奥で、枝を離れた葉がしずしずと舞い落ちてゆく音までが聴こえてきそうであった。

月は、中天にあった。

ぼくは待っていた。

小夜子が、下から登ってくるのをである。

聡も、まだ、やってはこなかった。

ぼくの身体は、すっかり冷え込んでいるのに、肉体の中心のどこかで、燠火《おきび》のように熱いものが燃えていた。

ぼくは待った。

長い時間が過ぎた。

山の冷気と、山の時間の中に、ぼくは、ぼくが埋もれてしまうのではないかと思った。

——と。

ふいに、風の中に、あの笛音が混じったような気がした。

いつか聴いたことのあるあの音だ。

小さく、かねの音も、その中に混じったようであった。

すっと、ぼくの背に緊張が疾《はし》り、皮膚に鳥肌《とりはだ》が立った。

そして、ぼくは見たのであった。

下方の草の間、したたるような青い月光の中を、ゆっくりと、踊りながら小夜子が登ってくるのを——。

全裸だった。

愛らしい胸も、細い腕や、すんなりとした腰も、全《すべ》てが見えていた。

ぼくの知っている、あの、常に淋《さび》しいものを溜《た》めていた彼女の顔ではなかった。

どのような哀しみも、彼女の顔に、微塵《みじん》も影を落としてはいなかった。

満面の笑みを、彼女はその顔にたたえていた。

楽しそうに踊りながら、小夜子が近づいてくる。

そして、彼女の後方に眼《め》をやったぼくは、息をとめていた。

おそらく、その一瞬、ぼくは凄《すさ》まじい鬼の顔をしたに違いなかった。

青白い炎が、めらりとぼくの両眼から燃えあがった。

小夜子の後方から、やはり、踊りながら登ってくる、ひとりの、全裸の男の姿を見たからであった。

聡だった。

聡もまた、その顔に、満面の笑みを浮かべていた。

笛が鳴る。

かねがなる。

小夜子の白い手が、ひらりと月光にひるがえり、聡の足が、とん、と土を踏む。

〝小夜子を、この中から呼ぶんだよ。おれならば、それができる――〟

さっき、下で聡が口にした、そのことの意味がぼくにわかった。

聡は、自らの生命《いのち》を断って、小夜子と共に昇ってきたのだった。

〝おれもあとからゆくから――〟

そう言った言葉の意味も、ぼくはようやくのみ込んでいた。

〝おれから小夜子を奪ったっていいんだ。邪魔できるんならね〟

ふたりは、にこにことあの笑みを浮かべながら、大御霊石《おみだまいし》の上で休んだ。

聡は、もう、ぼくがここで見ていることすら、忘れているらしい。透明な、歓喜の表情が、ふたりの貌《かお》に浮いていた。

一切の地上は、もう済んだ顔をしていた。

ぼくだけが、取り残されてしまうのだ。ぼくは、どうしていいかわからなかった。

小夜子――

あの小夜子がぼくの眼の前にいるのだ。

声をかけたかった。

ぼくをふり向かせたかった。

一緒に昇ってゆきたかった。

激しい衝動がぼくを襲った。

小夜子が行ってしまう。

たまらない恐怖がぼくを包んだ。

しかし、ぼくはそれに耐えた。

泣きながら、歯を軋《きし》らせながら、耐えた。

小夜子が、あまりにも幸福そうな顔をしていたからである。

少なくとも、ぼくには、自ら自分の生命を断つようなまねはできようがなかった。

やがて休んだふたりが、ゆっくりと、踊りながら、中天の満月に向かってゆくのを、ぼくは、草の中から見おくったのだった。

ふたりの姿が見えなくなってからも、ぼくは、中天にかかった満月を、胸しめつけられる思いで、いつまでも見続けていた。

＊この作品の各章のタイトルに、宮沢賢治の詩「原《はら》体剣舞連《たいけんばいれん》」の詩句を利用させていただきました。

初刊本あとがき

なんともなさけないことに、仕事がしたくなってしまった。

仕事をさぼって、中国大陸に足を踏み入れてから、まだ六日だ。一週間も過ぎてはいない。仕事をやらなくてもいい状態にやっと持ち込んだというのに、たかだか六日間ペンを持たなかっただけで、こうしてペンを、しかもなんと自主的に握ってしまうというのは、もう病気だな、これは。

一種の中毒なのかもしれない。

砂漠《さばく》の砂で、ぼうっと幽《かす》んでいる頭にちらちら浮かんでくるのは、新しい物語の新しい風景であったり、書きかけの物語のまだ活字になっていない光景であったりするのである。

これまでどうしても浮かばなかった、ある物語のための発想や、その根となる感覚がふいに、向こうの方からやってきたりするのだ。具体的に言うなら、『キマイラ』については、ごつんと手応《てごた》えのある発想を、ついに手に入れてしまったのだった。いつか、こういう瞬間がやってくるだろうとは、何年も信じながらその物語を書き綴《つづ》ってきたのだが、その瞬間が、ついに、今日、やってきたということになる。想像していたよりも、ずっとたいへんそうな感じになってきてしまったのだが、『キマイラ』の全貌《ぜんぼう》が見えてきたというメリットの方が、ずっと大きい。

そうだ、仕事がしたくなってしまったことについて、書こうとしていたのである。

仕事がしたくなった——というのは、もちろん、物語を書きたくなったという、そういう意味である。

いい話を書きてえんだよな。

遥《はる》ばると魂が宇宙に届いてゆくような、そういう話をやりてえんだよな。

そういう欲望がある。

だもんだから、突然に、異国の街で、こうしていそいそとペンなど握ったりしてしまうのである。

まあ、つまりだ。大っぴらに書くのが恥ずかしいんで、このように〝恥ずかしいんで〟とまえふりをしてから書いてしまうのだが、実は、おれは感動というやつをしてしまったらしいのである。

それで仕事をしたくなったのだ。

いい風景を見たのだ。

いい風の中に立ったのだ。

いい風景や、いいもの見ると、おれはもうたまらなくなって、いい話を書きてえなという欲望に、我を忘れてしまうのである。興奮してしまうのである。

いい風景は、いつもシンプルだ。

単純に大きいこと。

単純に広いこと。

単純に真っ直なこと。

そんな風景を眼にするだけで、その風景と同じ空間や時間を、おれは、自分の身体《からだ》の中に所有したような気分になってしまうのである。

月牙泉《げつがせん》という実に美しい名前の泉が、シルクロードの河西回廊を西へ突き抜けた砂漠の中にあるのだが、駱駝《らくだ》に揺られて、そこまで行ってきたばかりなのである。

敦煌《とんこう》というオアシスの街の南に、鳴沙山《めいさざん》という砂の山脈がある。

長さ四十五キロ、幅二十五キロの山脈だ。

黄色い砂漠の砂丘がそのまま天に向かって盛りあがったような山だ。一面が細かい粉のような砂ばかりで、ほんとうに、石ころなぞひとつもない。

その鳴沙山の砂の山襞《やまひだ》に囲まれた一角に、その月牙泉があるのである。

細い三日月が、そのまま地に生じたような泉である。月の牙《きば》のように、美しい弧を持った泉で、月牙泉とはよく名づけたものだと思う。その月牙泉まで、おれは駱駝に乗って出かけたのである。

金を払えば誰でも乗せてくれる、観光客用の駱駝である。そして、おれは、その観光客用の駱駝に揺られたあげくに、笑うなよ、仕事をしたくなってしまったのである。

夕方だった。

熟れたトマトみたいな夕陽《ゆうひ》が沈んだばかりで、空はまだ白っぽい。

他《ほか》に、観光客は誰もいない。

前方には、猫《ねこ》のよく研いだ爪《つめ》のような三日月が、砂丘の上に出ているのである。

見ている間にも、空はずんずん透明になり、たちまち星の数が増えてゆくのが、見ていてわかるのである。

それで、着いた場所が、月牙泉だよ。

これじゃ、おれのような単純な人間が、仕事をしたくなっちまうのもあたりまえだよ。

おれはなにしろ、死にぞこないのコオロギの鳴き声を耳にしただけで、たちまち短編を一本ぶっ書いてしまったという、おそろしい身の毛のよだつ過去を持つもの書きなのだ。

だから、月牙泉まで駱駝に揺られてゆき、ぐいぐいと深くなってゆく星空の下を、あえぎながら鳴沙山まで登ったというような体験をしてしまっては、いきなり仕事をしてしまうというのも、無理はないのである。

それにだ。

ちょうどおれは、その〝月〟にちなんだ三つの物語を、日本でやっつけてきたばかりなのである。

そのうちのひとつが、本書『歓喜月《かんきづき》の孔雀舞《パヴァーヌ》』で、残りのふたつが、

『月に呼ばれて海より如来《きた》る』

『上弦の月を喰《た》べる獅子《しし》』

である。

『月に呼ばれて海より如来《きた》る』については、ようやく、三部作のうちの、第一部が終ったばかりで、本書に続いて、廣済堂《こうさい》から出版されることになっている。

『上弦の月を喰べる獅子』については、ようやく、連載を再開し、『SFマガジン』に、その第一回目をぶっ込んできたばかりなのである。八年越しの物語になってしまったが、今回で、きっちりおさまるところへおさまることになるはずである。

どれも、〝月と螺旋《らせん》の物語〟だ。

実は、だいぶ以前から、月と螺旋というものが気になっていたのである。

それを、これまで、あちらこちらに、ぽつりぽつりと書いたり、メモをとったりしてきたのだが、今年になって急に、それらのものがひとつにまとまってきたのだ。

これまで、やりたくても、色々な事情がそれを許してくれなかったのだが、やりはじめると急にまとまってゆくものらしい。外の事情はともかく、ぼくの方が、ようやくそれを物語としてやってゆけるような内部状態になってきたということなのだろう。

昨年の暮に、岩手の光太郎の小屋やら、賢治の歩いた野山をうろついて、ようやく、書けるような状態に——書こうという気持になってきたのだった。

これも巡りあわせだ。

この方向に、まだまだ何かありそうなので、もの書きとしては、もう少し奥の方まで入り込んでみたいと考えているところなのである。

よい螺旋がめぐりますように——

夢枕《ゆめまくら》　獏《ばく》

昭和六十二年九月二十八日　敦煌にて

解説

大倉貴之

本書『歓喜月の孔雀舞《パヴァーヌ》』は、一九八七年十一月に新潮社から刊行された夢枕獏の幻想小説作品集だ。著者の日本SF大賞受賞作『上弦の月を喰べる獅子』と同じく東逸子氏による孔雀をモチーフにした妖くも美しい装丁であった。本解説の文末に示すように、収録作品は何《いず》れも一九八五年から一九八七年に小説誌に発表されたものである。

以前、この不思議なタイトルについて調べたことがある。諸説あるようだが、〈孔雀舞《パヴァーヌ》〉は、エリザベス女王一世が〈ダンスとしてのパヴァーヌ〉を愛したことからラヴェルの「亡き王女のためのパヴァーヌ」があり、キース・ロバーツの歴史改編小説『パヴァーヌ』は、エリザベス女王一世が暗殺され、スペイン無敵艦隊が英国本土に侵攻。欧州全土と同じくローマ法王に支配された世界を描いている。エリザベス女王一世が愛した〈ダンスとしてのパヴァーヌ〉は、王侯貴族のための踊りで、自由自在にステップが変えられるようにいくつかの小節ごとに組み分けられ、男女カップルが舞踏会場に入場するときのものだったらしい。

一方〈歓喜月〉とは、例えば月齢約十七の月を「立待月」と呼ぶように、月齢によって変わる呼び名のなのか？ 例えば一月に見える月を中世ヨーロッパの人は、真冬で獲物が少なくなった狼が空腹で月に向かって遠吠えをするから「Wolf Moon 狼月」と呼ぶという。海外にも月齢によって文学的な呼び名はあるようだが〈歓喜月〉に該当する事例は見つけられなかった。

久しぶりに本書を読んだ。それは、現在の時点から、およそ四〇年前となる一九八〇年代を振り返ることになる。

以下には作品の内容に触れる箇所があります。できれば収録作品を読んだ上でお読みいただければ幸いです。

※　※　※

夢枕獏は、岡野玲子《おかのれいこ》による漫画化と野村萬斎《のむらまんさい》が安倍晴明《あべのせいめい》を演じ大成功した映画化がある『陰陽師』がよく知られている。山岳小説『神々の山嶺《いただき》』も岡田准一《おかだじゅんいち》・阿部寛《あべひろし》が出演した実写映画があり、谷口《たにぐち》ジローによって漫画化があり、こちらはフランスを筆頭にアルピニズムが身近な欧州で広く知られ、アニメ映画化された。日中合作映画にもなった『沙門空海唐の国にて鬼と宴す』もある。

　歴史小説が好きな人は、泉鏡花文学賞・吉川英治文学賞・舟橋聖一文学賞を受賞した『大江戸釣客伝』。西行の生涯を描いた『宿神』、平賀源内を主人公に据えた『大江戸恐龍伝』。近作では『ＪＡＧＡＥ　織田信長伝奇行』などもあり、長篇歴史時代小説の作家というイメージがあるかもしれない。

　夢枕は、そもそもは、トリッキーなタイポグラフィクション「カエルの死」やショート・ショート（あるいは掌篇）やロマンチックな短篇作家としてデビューしている。一九七九年に集英社コバルト文庫から初の短篇集『ねこひきのオルオラネ』を上梓。若者を助ける不思議なオルオラネ爺さんの表題作と「山奥の奇妙なやつ」、「自分ぼっこ」。中篇「山を生んだ男」は遭難したリアルな登山者の行動が空間と時間を越えてシンクロする作者の初期傑作。

　八一年に初めての書き下ろし長篇『幻獣変化』を、八二年に現在もつづくキマイラ・シリーズの第一作『幻獣少年キマイラ』（書き下ろし）を発表。ヤング・アダルト系の新人作家として注目され、八四年にはエロスとヴァイオレンスに彩られた新書ノヴェルス『魔獣狩り』、『闇狩り師』の両シリーズがベストセラーになった。

　八六年には、稀代《きたい》の陰陽師　安倍晴明と天皇の外孫で雅楽の天才　源《みなもとの》博雅《ひろまさ》のコンビを主人公にした連作短篇シリーズ『陰陽師』を「オール讀物」で、後に日本SF大賞を受賞する長篇『上弦の月を喰べる獅子』の連載を「SFマガジン」で開始している。つまり、『歓喜月の孔雀舞』が刊行された、この時期は夢枕獏が大手出版社にエンタメ作家として認知された時期なのである。

当時は、中間小説誌と呼ばれていた小説誌「小説新潮」「オール讀物」「小説現代」が毎月人気作家の短篇小説で売れ行きを競っており、〈時代小説特集〉や〈ショートショート特集〉が人気であった。小説誌としては、他にも「小説推理」「小説宝石」「問題小説」「野性時代」「SFマガジン」「SFアドベンチャー」「奇想天外」などがあり、小説誌隆盛の時代であり、短篇を書く媒体がたくさんあった。作家は、それらに発表した短篇を作者の意向か順番待ちなのか判らないが、何かの選択理由をもった出版社が短篇集に纏《まと》めるという流れだった。当時の人気エンタメ作家は長篇の書き下ろしより、コンスタントに短篇を発表することが多かった印象がある、わたしたちSFファンは、筒井康隆の短篇集がどこから出るのかを常に気にしていた覚えがある。

以前、文春文庫版『鬼譚草子』の解説でも触れたが、多数のシリーズ作品や長期連載作品を持つ作者の短篇は、本書も含めて、そのほとんどは八〇年代に書かれている。この後は、『陰陽師』や『風果つる街』や『鮎師』、『仕事師たちの哀歌《エレジー》』などのシリーズや連作短篇を除くと九一一の『鳥葬の山』、二〇〇一年の『ものいふ髑髏』を数えるくらいなのである。

本書は、収録された七つの作品のうち表題作「歓喜月の孔雀舞」が総ページ数のおよそ四割（四〇〇字詰め原稿用紙一八〇枚程度）を占める、いわば短篇六作と中篇一作で構成された作品集なのである。

冒頭の短篇「ころぽっくりの鬼」は語り手のぼくにだけ見える小さな裸の女の人形が登場する。これが『闇狩り師』や『陰陽師』に登場する霊的な使役獣〈管狐〉や陰陽師が使う〈式神《しきがみ》〉を思わせるが、実は——。その小さな人形に見えたモノの正体が露わになると同時に思いも寄らぬ悲劇が描き出される。本作は「蛇淫」と共に夢枕獏自薦恐怖小説集『雨晴れて月は朦朧《もうろう》の夜』に収められている。

幼少期に憧憬《しょうけい》の対象であった母と姉、やがて成長した少年の、その憧れが過剰に膨《ふく》れ上がり、緊迫したサイコ・サスペンスに昇華する「微笑」。

若い女性による少年への加虐《かぎゃく》を描く「優しい針」には、エロスと反モラルなイメージが濃い。キマイラ・シリーズにおける主人公の美少年＝大鳳吼《おおとりこう》や、『妖獣王』（「小説ＮＯＮ」で連載中）の美しい主人公で女性を狂わす鬼千代などが浮かぶ。

男は男に成るまでの間に、
　この世のものとも思われぬ玄妙幽艶な一時期がある。
（白洲正子《しらすまさこ》『両性具有の美』より）

刺青のエロスを存分に描いた「蛇淫」、八五年にマナスルスキー登山隊のヒマラヤ登山に同行した実体験を昇華させた「髑髏盃」とつづき、桜と女と闇がモチーフの「檜垣―闇法師―」は、琵琶《びわ》の秘曲『流泉』、『啄木』のエピソードや琵琶の音などから「陰陽師」に登場する蟬丸《せみまる》法師や源博雅を想起させる。前回の徳間文庫解説で笹川吉晴《ささがわよしはる》氏が指摘しているように、坂口安吾《さかぐちあんご》「桜の森の満開の下」への想いが強く溢れる美しい短篇である。

本書表題作「歓喜月の孔雀舞」は、死別した愛しい女の故郷、岩手県北上山系の黒附馬牛村を訪ねる男の物語。八七年の本書と『月に呼ばれて海より如来《きた》る』、そして八九年『上弦の月を喰べる獅子』（日本SF大賞・星雲賞　日本長篇部門）、九一年の『混沌《カオス》の城』は、幻想文学作家・夢枕獏が螺旋《らせん》をモチーフにした作品を次々に発表していた時代の作品で、ピカソに〈青の時代〉があるように、夢枕獏の〈螺旋の時代〉と呼んでいいほど螺旋に拘《こだわ》っている作品群だ。

　中でも『上弦の月を喰べる獅子』は、あらゆるものに螺旋をみて、収集しようとする〈螺旋収集家の三島草平〉と妹を亡くした詩人・宮沢賢治《みやざわけんじ》が融合し、双神となって天空にそびえるスメールを登る。

　様々な螺旋がモチーフとなる。オウムガイも螺旋階段も輪廻《りんね》も遺伝子も。DNAは二重螺旋構造だ。物語の構造も然《しか》り。夢枕の〈螺旋の時代〉の代表作が思弁小説『上弦の月を喰べる獅子』だとすれば、『月に呼ばれて海より如来《きた》る』で登場する、月の光を浴びて輝く螺旋はやがて地球規模の災厄を招く存在であり、『混沌《カオス》の城』は人類が災厄を乗り越えた壮大な叙事詩になるはずの未完の物語であった。

　中篇「歓喜月の孔雀舞」に戻ると、最初に読んだ時の印象は、どうしても自分の思いを遂げられずに苦しむ青年の姿に共感し、切実な男女の恋愛譚というものであった。主人公が秘《ひそ》かに想いを寄せる女性の出身地が、古事記に由来する不思議な村だと知ったことから幕を開ける半村良「わがふるさとは黄泉の国」も死が主題となる幻想的な中篇ということで共通するものがあるようにも感じた。

　本作を改めて評するなら、主人公によって語られる呪術的な世界の入り口である遠野の村へと至る夜の山行の描写と、ヒマラヤでやるせない出来事のリアリティが、二つの地と男女の強い思いを昇華させる〝もの〟を描いた作者ならではの幻想小説である。

未完の作品、構想中の作品が多くある作者なので、螺旋が巡り、〈螺旋の時代〉に繋《つな》がる作品が書かれることを期待したい。

二〇二二年一二月

●『歓喜月の孔雀舞』収録作品初出

「ころぽっくりの鬼」　小説新潮　一九八六年七月号
「微笑」　月刊カドカワ　一九八五年七月号
「優しい針」　野性時代　一九八五年三月号
「蛇淫」　野性時代　一九八六年一月号
「髑髏盃」　小説すばる　一九八七年八月号
「檜垣―闇法師―」　野性時代　一九八五年五月号
「歓喜月の孔雀舞」　小説新潮　一九八六年七月号

単行本　一九八七年一一月　新潮社
文　庫　一九九〇年四月　新潮文庫
　　　　二〇〇四年九月　徳間文庫
　　　　二〇二三年二月　徳間文庫新装版（本書）

●夢枕獏　オリジナル短篇集リスト

『ねこひきのオルオラネ』集英社　コバルト文庫　一九七九年
『遙かなる巨神』双葉社　フタバノベルス　一九八〇年
『キラキラ星のジッタ』集英社　コバルト文庫　一九八〇年
『悪夢喰らい』角川書店　一九八四年
『魔獣館』祥伝社　一九八五年
『こころほし　てんとう虫』集英社　コバルト文庫　一九八五年
『悪夢展覧会』徳間書店　一九八五年
『半獣神』光風社出版　一九八五年
『歓喜月の孔雀舞』本書　新潮社　一九八七年

『奇譚草子』講談社　一九八八年※ショート・ショート集
『鳥葬の山』文藝春秋　一九九一年
『ものいふ髑髏』集英社　二〇〇一年

※　※　※

通常の短篇集とは異なるが、こちらも夢枕獏の短篇集として読んでみてほしい。
『K体掌説』文藝春秋　二〇一四年
夢枕獏が九星鳴《いちじくせいめい》名義で発表したショート・ショート集
『落語・すばる寄席』集英社　二〇〇六年　夢枕獏・春風亭昇太・三遊亭白鳥・柳家喬太郎・林家彦いち・神田山陽による新作落語集。夢枕と話芸の達人達が奇跡のコラボレーション。

●参考
『仰天・夢枕獏　特別号』波書房
『雨晴れて月は朦朧の夜　自選恐怖小説集』波書房・角川ホラー文庫
『遙かなる巨神　夢枕獏最初期幻想SF傑作選』創元SF文庫

『呼ぶ山　夢枕獏山岳小説集』角川文庫
『月に呼ばれて海より如来《きた》る』徳間文庫新装版
『上弦の月を喰べる獅子』ハヤカワ文庫ＪＡ
『混沌《カオス》の城』上・下巻　徳間文庫
『両性具有の美』白洲正子　新潮社

本書は２００４年９月に刊行された徳間文庫の新装版です。
なお本作品はフィクションであり実在の個人・団体などとは一切関係がありません。

徳間文庫

歓喜月《かんきづき》の孔雀舞《パヴァーヌ》

〈新装版〉

2023年2月15日 初刷

著者 夢《ゆめ》枕《まくら》 貘《ばく》

発行者 小宮英行

発行所 株式会社徳間書店

東京都品川区上大崎三-一-一 〒141-8202
目黒セントラルスクエア

電話 編集〇三(五四〇三)四三四九
販売〇四九(二九三)五五二一

振替 〇〇一四〇-〇-四四三九二

印刷 製本 大日本印刷株式会社

ISBN978-4-19-894825-2 (乱丁、落丁本はお取りかえいたします)

徳間文庫の好評既刊

夢枕獏

天海の秘宝 上

時は安永《あんえい》年間、江戸の町では凶悪な強盗団「不知火《しらぬい》」が跋扈《ばっこ》し、「新免武蔵《しんめんむさし》」と名乗る辻斬りも出没していた。本所深川《ほんじょふかがわ》に在する堀河《ほりかわ》吉右衛門《きちえもん》は、からくり師として法螺右衛門《ほらえもん》の異名を持ち、近所の子供たちに慕われる人物。畏友《いゆう》の天才剣士・病葉十三《わくらばじゅうぞう》とともに、怪異に立ち向かうが……。『陰陽師』『沙門空海唐の国にて鬼と宴す』『宿神』の著者が描く、奇想天外の時代伝奇小説、開幕。

徳間文庫の好評既刊

夢枕 獏

混沌《カオス》の城 下

蟲《むし》を操るのは北陸・金沢《かなざわ》を支配する魔人・蛇紅《じゃこう》。武蔵《むさし》が迫る刺客たちを斬るうちに見えてきた恐るべき〈螺力《らりょく》〉という概念。天地を統《す》べるそれを手に入れるには、かつて織田《おだ》信《のぶ》長《なが》ですら近づくことの出来なかった大螺王《だいらおう》の存在が必要である。その秘密を記した天台の『秘聞帖《ひもんちょう》』が、金沢城の地下にあるという……。読者を異界にひきずり込む、巨匠渾身《こんしん》のノンストップ超伝奇ロマン、完結！